écriture　新人作家・杉浦李奈の推論 XI

誰が書いたかシャーロック

松岡圭祐

角川文庫
23992

目次

アーサー・コナン・ドイル著『バスカヴィル家の犬』のネタバレを含みます

1

二十五歳になった杉浦李奈《すぎうらりな》の生活は平凡きわまりなかった。梅雨の真っ只《ただ》なか、ステーションタワー阿佐谷《あさがや》レジデンスの窓から外をのぞいても、暗雲と雨脚が見えるだけだった。

昼も夜もなく原稿を書いては、週一回のシフトが入っているローソンのバイトに、夜になってからでかける。こういう季節で憂鬱《ゆううつ》なのは、床の清掃が増えることにある。エントランスが雨で濡《ぬ》れるので、定期的にモップで拭《ふ》かねばならない。

フライヤーでホットスナックを揚げる作業は、夜間のシフトならやらずに済む。問題は仕入れた揚げもの惣菜だった。午後十時を過ぎると十円から五十円引きで売りきる必要に迫られる。けれども降雨で寒いせいか、ひと晩を明かし早朝を迎えても、山ほど売れ残っていた。

こういう日もある。午前六時過ぎ、客足も途絶えていた。青いユニフォームを着た李奈は、レジのなかで店長に苦笑してみせた。「朝ご飯に買っていきますから……」

「申しわけない」中年の男性店長は遠慮がちにきいてきた。「いくつ買ってくれる？」

「え……？　そりゃ一個……」

「思いきって在庫ぜんぶ買っていったら、ご家族も喜ぶよ」

「両親は三重県だって知ってますよね？」

「お友達を呼んでパーティーをするといい。六月十五日は鶏肉《とりにく》の日だよ」

「……たしかオウムとインコの日のはずですけど」

店長はさも痛そうに額に手をやった。「こりゃまいった。大作家先生は博学だね。ならシェイクスピアの言葉を知ってるか。〝祝うが先か幸せが先か〟」

「はい？」李奈は戸惑いをおぼえた。「シェイクスピアにそんな言葉ありましたっけ」

「ゲーテだったかな」

「〝家庭に平和を感じる者が最も幸せ〟ならゲーテですけど」

「と、とにかく誰かの名言があってね。幸せを信じて先に祝ってしまえば、実際に幸せがあとからついてくる、って意味なんだよ」

「それはつまり、仕入れすぎた惣菜をまとめ買いして、ホームパーティーを開けば、運が開けるとおっしゃりたいわけですか。平たくいえばぜんぶ買って行けと」

「そんな言い方をされたんじゃ身も蓋《ふた》もないな」

「さっきのは、そういう理屈をバイトに納得させるための、店長の迷言ですか」

「いいや！　たしかにどっかできいたフレーズだよ」店長は頭を掻《か》いた。「俺ももっと勉強しなきゃな。やっぱ睡眠学習に手をだすか」

「なんですって。睡眠学習？」

「そう」店長はカウンターの下からチラシをだした。「これ見てよ。ワイファイ接続できるスピーカーは、ふつうアレクサのエコードットみたいにでかいだろ。こいつは薄っぺらくなってる。ほぼ十センチ四方、厚みはたった三ミリ、なのに充電池内蔵。しかも上板全体がスピーカーになってる優れもの」

「……これが睡眠学習にどう生きるんですか」

「わかるだろ。平らだから枕の下に敷けるんだ。時刻を夜中にセットしとけば、自動的に専用の電話番号につながって、睡眠学習に特化した暗記事項が数分間流れる。寝てるあいだも大脳は起きてるらしいからな。英語ぺらぺらになっちまうかもだ」

　いかにも昭和の怪しげな通販の現代版……。李奈は笑みが凍りつくのを自覚した。

「店長さん。テレビを点《つ》けっぱなしにして寝ちゃったことはないですか」

「あるよ。何度も」

「そのとき放送されてた内容をおぼえてますか」

「いや。おぼえてるわけないだろう。寝てるんだから」

「なら睡眠学習なんて効果がないのはわかりますよね」

店長は不服そうな顔になった。「そうとはいいきれない！　なにかもっとこう、催眠術みたいに、特殊な録音をきかされるにちがいないよ。この機器そのものが画期的じゃないか。枕の下に敷けるなんて」

「これ専用に開発された機器じゃないと思いますけど。面積を広げれば薄くなるのは、そう意外でもありません。スマホもタブレット端末も薄型ですよね。ていうか、この機器自体が画面のないスマホ……」

「ああ。それはそうだな……」店長はしばしチラシを見つめていたが、やがてばつの悪そうな顔で、またカウンターの下にしまいこんだ。「俺はだまされやすいな。杉浦さん、どうか助けてくれないか。惣菜買ってよ。お金持ちなんだし」

李奈はひそかにため息をついた。いまもバイトをつづけていると、こんな理不尽な頼みごとが増えてくる。店長は月末が近づくたび、李奈が店のオーナーになるべきと主張し始める。自分が店長にふさわしくないという自虐なのか、さっきのように無知な道化を演じたりする。これも社会勉強の一環だと解釈するにしてもしんどい。

結局ほとんどの売れ残りを押しつけられた。李奈は大きく膨らんだエコバッグを手に提げ、傘をさしながら帰路についた。今回のバイト代がかなりの割合で吹き飛んだ。べつに道楽でやっているわけでもないのだが、どうにも雇い主の理解を得られにくい。『十六夜月』の印税は莫大《ばくだい》だったものの、李奈は努めてそのことを忘れようとしてきた。税理士から説明があったとおり、今年に入ってから所得税や地方税が、数回に分けて引き落とされている。一回につき、以前の李奈の年収を超える金額が、ざっくりと預金から消えていく。これが年末までつづく。信じられない桁数《けたすう》の引き算に、思わずめまいをおぼえる。

鳳雛社《ほうすうしゃ》の『十六夜月』が大ベストセラーになった直後、KADOKAWAから純文学の執筆を依頼された。『ニュクスの子供たち、そして私』と題した新作を、ハードカバーで春先に刊行した。ニュクスはギリシャ神話における夜の女神。歌舞伎町《かぶきちょう》のトー横《よこ》前広場に集まる未成年を主人公にした物語だった。

評価はよくわからない。文芸評論家による書評ではかなり持ちあげられたが、『十六夜月』ほど売れていない。十万部を超したら、ネットのレビューは揶揄《やゆ》が激増するので当てにならない、櫻木沙友理《さくらぎさゆり》からそう助言された。そのため読者の感想も目にしていなかった。ジャンルが純文学なだけに、自分の好きなように書いたつもりだが、そのわりにはエンタメ性が高いという声も、業界内からはよくきこえてくる。ひょっとしてどっちつかずの中途半端な出来だったのか。突き詰めるべきはどちらだろう。あくまで自分のために書くのか、それとも読者のための小説に徹するのか。

あれこれ考えるうちに、三十階建てのマンションのエントランス前に着いた。無数の水滴が付着したガラスのなかに、人影がふたつ見える。オートロックでなかに入れず、インターホンで住人を呼びだし中らしい。

こういうときは困る。李奈が自動ドアを開ければ、一緒に入ってくるかもしれないが、それが好ましいことかどうかわからない。李奈は視線を合わせないようにしながら、エントランスに足を踏みいれた。

するときなれた女性の声が耳に入ってきた。「いないなー。どこ行ってるんだろ」

李奈は面食らった。「優佳《ゆうか》!?」

花柄のロングワンピースが振りかえった。同い年の小説家、那覇《なは》優佳は朝っぱらから巻き髪で、メイクも濃いめにしている。大仰なほど目を瞠《みは》った優佳が、いきなり頓《とん》狂《きょう》な声を発した。「李奈！」

もうひとりのスーツの男性も、はっとして振り向いた。三十代半ばで面長に丸眼鏡、KADOKAWAの担当編集者、菊池《きくち》だった。「なんだ、杉浦さん。でかけてたのか」

優佳が詰め寄ってきた。「もう！　なんで電話にでないの」

バイト中は電源をオフにしている。そういえば切ったままにしてあった。李奈は弁明した。「ちょっと用事があって……」

菊池がやけに硬い顔でいった。「帰り道につく前に電源をいれることぐらいできただろ」

「そうよ」優佳も同調するように李奈を責めてきた。「電源の入ってないスマホなんて、単なるハンドバッグの錘《おもり》じゃん」

「ちょ」李奈は戸惑いを深めた。「なんでそんなにふたりとも殺気立って……。このハンドバッグ、もともと重くて肩が凝るんだよね。あ、優佳。『初恋の人は巫女だった』アニメ第二期決定おめでとう」

「ありがとー」優佳は笑ったものの、すぐにまた真顔に戻った。「って、いまはそれどころの話じゃないの」

すると優佳がなにか受賞したのだろうか。ラノベは優佳のほうが圧倒的に得意だし、売り上げでも李奈に勝っていた。李奈の『雨宮の優雅で怠惰な生活』は、『十六夜月』が評判になってから増刷されたが、びっくりするほどつまらないという感想が多い。以前より評価が下がってしまい、李奈は複雑な心境だった。

菊池がじれったそうに李奈のスマホを指さした。「とにかく電源をいれてくれ。僕たちの口から話しても、信用してもらえそうにないからな」

なんだろう。電源をオンにしながら李奈はきいた。「KADOKAWAがまた不祥事?」

「きみは案外毒舌だな。そんなに版元が信用できないか。いいから日本文学振興会の公式ツイートを見てみろ」

思わずどきっとした。日本文学振興会……。スマホの画面をタップし、ネットブラウザを開く。

最新のツイートは、おびただしい数のリツイートがなされていた。芥川《あくたがわ》賞と直木《なおき》賞、本年度上半期の候補作の発表だった。

「へえ」李奈はいった。「矢迫《やさこ》理恵名《りえな》さんの『サラダチキン』が芥川賞候補かぁ。入ると思ってた。やっぱり大本命ですよね」

菊池と優佳は妙な顔を見合わせた。優佳が苛立《いらだ》ちをあらわに告げてきた。「呑気《のんき》ね。芥川賞じゃなくて直木賞のほうを見てよ」

直木賞……。そちらにも候補作が列挙してあった。著者が五名、題名が五つ。

小宇都《こうと》洋平《ようへい》『花菱』
與世川《よせがわ》メイサ『暗香疎影』
緋田《ひだ》薫《かおる》『凱歌は誇れず』
福尾《ふくお》恭一郎《きょういちろう》『虹色デラ』
杉浦李奈『ニュクスの子供たち、そして私』

とたんに心臓がとまりそうになった。杉浦李奈『ニュクスの子供たち、そして私』。五行のうち最後の一行には、はっきりそう記してあった。

「ま」李奈はつぶやいた。「まさか……」

「おめでとう！」菊池が顔を輝かせた。「けさ早くに電話が入って、僕も信じられない気分でテレビを点けたら……。どの局も朝のニュースで報じてたよ。ヤフーのトップ記事にもでてる」

「嘘でしょ」李奈は後ずさった。手からエコバッグが滑り落ちた。「こんなの嘘でしょ⁉」

床で惣菜のパックが無数にあふれた。優佳がそれを見下ろした。「なに？　こんなにたくさん……。お祝いしようと思ってた？　李奈、知ってたんじゃなくて？」

「知らないってば」李奈は激しく首を横に振った。昂《たか》ぶる感情に理性を失いつつある。いったいなんだろう、これは。震えがとまらない。夢ではないだろうか。

頭の片隅にぼんやりと店長との会話がよぎる。幸せを信じて先に祝ってしまえば、実際に幸せがあとからついてくる、店長はそういった。世迷《よま》い言《ごと》にしか思えなかったのに、こうも早々と現実になるなんて。

衝撃に次いでやってきたのは、激しい動揺だった。李奈はうろたえ、声にならない声を発し、ひたすらまごついた。

優佳がそっとハグしてきた。「李奈、落ち着いて。ほらぁ、菊池さんは李奈が沈着冷静なままだろうって予想してたけど、全然ちがうじゃん」

菊池は頭を掻《か》いた。「とても人並みな反応だな……。杉浦さん、二十五歳にして、これはもう本物の快挙だよ。担当編集としてこんなに嬉《うれ》しいことはない」

「でもさー」優佳が不平っぽくこぼした。「ほんとは『十六夜月』こそ受賞作にふさわしかったよ？　あれが候補にもならなかったなんて選考基準に納得がいかない。直木賞ってさ、本来獲《と》るべき作品の著者の、次の作品が受賞したりするよね。あれってやっぱ、審査員がやらかしちゃったと反省してるから？」

「まさか」菊池が顔をしかめた。「滅多なことを口にしないでくれよ。誰かにきかれたら僕の立場まで悪くなる。芥川賞と直木賞は、ちゃんと獲るべき著者の獲るべき作品が獲ってるよ」

　李奈は震えながら優佳に問いかけた。「受賞の発表っていつだっけ？」

「七月十九日、午後四時以降だって」

「マジ？　これから一か月以上も、気が気でない状態がつづくの？　もう耐えられない！」

「なにいってんの。落ち着いてよ、李奈。もう人生は薔薇《ばら》いろでしょ？　本当に嫌なら、わたしが代わってあげたいぐらい」

「だ、だけど」李奈はなおも取り乱していた。「小宇都洋平さんの『花菱』も候補でしょ？　緋田薫さんの『凱歌は誇れず』もあるし。本命はそのどっちかだよね？」

「本命は杉浦李奈」

「なわけないじゃん！」

ふたりとも揃って黄いろい声を発した。歓声とも悲鳴ともつかない、ただ甲高いばかりの声だった。いまの自分の感情がどういう状態にあるのかもよくわからない。ただ気づけば大声を張りあげていた、そんな状況でしかない。

菊池ひとりが仏頂面で咳《せき》ばらいをした。「僕はこれから会社へ行く。杉浦さん、くれぐれも慌てず騒がず、冷静な日々を送ってほしい。なにかあったら連絡してくればいいから」

そういって菊池は踵《きびす》をかえしたものの、まだ開いていない自動ドアにぶつかってしまった。把《と》っ手《て》の位置にあるボタンを押さないと開かない。菊池は注意散漫さが露呈したのを恥じるかのように、そそくさと雨のなかに駆けだしていった。

優佳が惣菜のパックを拾ってはエコバッグにおさめる。李奈もしゃがんで同じようにした。

ガーリックチキンのパックを取りあげ、優佳が苦笑いを浮かべた。「こりゃもうローソン・ホームパーティーでしょ」

「朝ご飯まだ食べてない？　一緒にどう？」

「食べる！　ありがとー。お酒も買ってこうよ。そっちは奢《おご》るからさー」

李奈はセンサーに鍵《かぎ》を当てた。開いた自動ドアにふたりで駆けこむ。出勤の住人がエレベーターからでてきた。ぶつかりそうになり、おじぎしながら詫《わ》びる。住人が訝《いぶか》しそうな面持ちで立ち去ると、李奈と優佳は顔を見合わせて笑った。

エレベーターに乗りこみ、垂直上昇する感覚に身を委ねる。このまま天まで昇り詰めてしまいそうだ。願わくはこの一か月間、なんの波風も立たないでほしい。結果がどうあろうとも、ただ緩やかに穏やかに、運命をまつ時間を過ごさせてくれれば。

2

これまでにも嬉しいことはたくさんあった。とりわけ意外だったのは、愛読者から贈り物が届くことだ。

書類の入る大きめのハンドバッグを送ってくれた人がいる。この仕事には本当に重宝する。優佳も革製のポーチを贈られた。ただしこれらは小説家全般にみられる状況ではないらしい。

日本文藝《ぶんげい》家協会のパーティーで、ベテラン作家らが口を揃えた。若い女の子だからだよ、と。アイドルっぽくみなされているからこそプレゼントなんてものが届く。ふつう小説家にはファンレターならともかく、小包で送るようなプレゼントなど来やしない、誰もがそういった。

純粋に作家としての評価ではないのだろうか。優佳はベテラン勢の嫉妬《しっと》が気持ちいいなどと、あいかわらず腹黒な笑みを浮かべるばかりだったが、李奈は複雑な心境になった。とはいえ純粋に贈り物は喜ばしいしありがたい。李奈は出版社へでかけるたび、書類いれを兼ねた素敵なハンドバッグを携えた。

週明けの昼下がり、ひさしぶりに雨があがり、空には晴れ間がのぞいていた。李奈は優佳とともに飯田橋《いいだばし》駅の改札をでて、KADOKAWA富士見《ふじみ》ビルへ向かった。早稲田《わせだ》通りを横断した先は、閑静な住宅街に細い路地が延びている。学校や低層マンション、民家ばかりが軒を連ねるなかを、優佳が歩を進めながらきいてきた。「李奈、そのでかいハンドバッグってブランド品じゃないよね？」

「たぶんちがうかと……」

「よかった。エルメスなんか持ち歩かないでよ。お金持ちアピールすると、直木賞の選考委員の嫉妬を買うから」

「まさかそんな」

「ありうるって。小説家は全般的に貧乏じゃん。候補者でも與世川メイサさんは介護職を兼ねてるって。小宇都洋平さんもたぶん牧場勤務」

「牧場勤務？」

「毎朝早くから餌やり仕事、においもとれないってSNSに書いてた。せめてもの救いは、小説家って仕事なら読者に体臭が伝わらないことだってさ」

「あー。においがとれないって、人に会う仕事なら大変かも」

「李奈もローソンのユニフォーム姿で取材を受けなよ。『十六夜月』のダブルミリオンを一瞬でも選考委員に忘れさせれば、受賞のチャンス倍増だって」

〝莫大な貯金があったはずがコンビニでバイト〟〝ホスト狂いか〟とか書かれそう……。かえって信用をなくすのではないだろうか。

路地の行く手に巨大なガラス張りのビルが突然現れた。エントランス前はタイル張りのクルマ寄せになっているが、いまはなにも停まっていない。自動ドアが絶えず開閉し、首から社員証を下げた男女が、さかんに受付ロビーを出入りする。

外で優佳が足をとめた。「直木賞候補の杉浦先生がお越しなのに、偉い人は飛んできて頭《こうべ》を垂れるべきよ」

「しっ」李奈は人差し指を唇にあてた。「きかれたら恥ずかしい。候補にすぎないんだし……」

じつのところ直木賞候補とマスコミで名が挙がろうとも、暮らしぶりにはなんの変化もない。祝福のメールこそ各方面から届いたものの、特に仕事が増えたわけではなかった。知り合いの編集者もみな李奈を気遣っているらしく、逆にその話題に触れまいとする。結果いかんで今後のつきあいに支障がでたのでは、かえって気まずいと思っているのだろう。兄の航輝《こうき》ですら最近はどうも態度がぎこちない。無邪気に喜んでくれたのは母親と、天真爛漫《てんしんらんまん》な優佳、細かいことに留意しない菊池ぐらいだった。

李奈はきいた。「きょう優佳は……?」

「三階でアニメ二期の打ち合わせ。李奈はいつもどおり編集部だっけ」

「そう。次回作について」

「終わったら早稲田通りでご飯にしよ。じゃ、またあとで」

ふたりはビルのエントランスへ向かいかけた。すると路地にクルマのエンジン音が響き渡った。周りの社員たちがなにごとかと立ちどまる。李奈も音が接近してくるほうを振りかえった。

路地を走ってきたのは大型セダン、しかも角張ったボンネットからロールスロイスとわかる。ナンバーは青いろに〝外〟という漢字、それに四桁《けた》の数字。すなわち外交官専用車にちがいない。豪華で立派な車体が、タイル張りの上に滑りこむや、李奈と優佳の前で停まった。

運転席には、いかにもプロのドライバーらしき、西洋人の男性の横顔があった。助手席にも人影が見える。後部座席はスモークガラスで覆われているが、誰かが降りてくる気配はない。

優佳が迷惑そうな顔で車体を迂回《うかい》し、ビルのエントランスへ向かおうとした。ところが優佳の行く手で、エントランスの自動ドアが開き、なぜか菊池が駆けだしてきた。両手を振りかざし菊池が怒鳴った。「杉浦さん！　急いで乗ってくれないか」

「はい？」李奈は唖然《あぜん》とした。「いったいなにを……」

運転席と助手席のドアが同時に開いた。ドライバーのほか、もうひとりも西洋人のスーツ姿で、後部ドアの左右をそれぞれ開け放つ。李奈を迎えるように、ドライバーがかしこまって立っている。反対側のドアから菊池が後部座席に乗りこんだ。

菊池の声が響いてくる。「杉浦さん！　早く」

優佳が先に乗車しながらいった。「面白そう」

「ちょっと、優佳」李奈は困惑したが、ドライバーが目で勧めてくる。やむをえず李奈も乗った。後部座席に李奈と優佳、菊池の三人が並んだ。ドアが閉じ、運転席と助手席のふたりが車内に戻る。周りで社員らが呆気《あっけ》にとられた顔で見守るなか、ロールスロイスは厳かに発進した。

李奈は友達の立場を案じた。「優佳。打ち合わせは？」

「電話しとくからだいじょうぶ」優佳がシートベルトを締めながら応じた。「どうせ原作者の意見なんて聞き流されて終わり。一期とちがう作画監督さんの時点でげんなり。っていうかKADOKAWAはそればっか。李奈もシートベルトを締めなよ」

あわてていわれたとおりにしたものの、困惑は深まるばかりだった。李奈は菊池にうったえた。「たかが次回作の相談に、こんなに待遇をよくしていただかなくても……」

菊池は極度の緊張をのぞかせていた。「悪いけど、その前にうちの社長に依頼が入ってね。イギリス大使館からだ。英国文学史上最大の危機だとか」

3

ロールスロイスで都心を移動中、菊池がうわずった声でいった。「ふたりとも、先に注意しておくよ。向こうに失礼がないようにね。文化のちがいが人を傷つけることもありうるし」

「へえ」優佳がきいた。「たとえばどんなことですか」

「たとえば……。ええと、万歳三唱とかはよくない」

李奈と優佳は顔を見合わせ、思わず笑った。

菊池がむきになった。「事実だぞ。KADOKAWAは映画製作もしてるが、たとえ戦争に関係のない映画でも、日本人が万歳してるシーンがあると、外国に売れないってきいた」

優佳が疑わしげなまなざしを向けた。「それ本当ですか」

「嘘なんかいわないよ。むかしは新婚旅行を見送る身内が、空港や新幹線のホームで万歳三唱するのがふつうだった。でも外国人の神経を逆なですることもあるといわれて、徐々に廃れてきた」

「……単純に世のなかが洗練されてきて、そういうのは恥ずかしいと思われるようになったんじゃないんですか」

「とにかく禁止だ。那覇さん。きょうにかぎらず、もし杉浦さんが受賞する日が来ても、宴《うたげ》の席で万歳はするな。テレビの取材があったら映っちまう」

優佳が顔をしかめた。「わたしはやんないけど、李奈のお兄さんがやりそう」

「ああ……」李奈にも想像がついた。「そんなに心配しなくても、受賞までは行かないと思うけど……」

石造りの門柱二本のあいだを、ロールスロイスがくぐり抜けていく。千鳥ヶ淵《ちどりがふち》に面する、巨大な洋館の広々とした敷地内には、まるで自然公園のような庭園があった。都心からいきなりイギリス国内へワープしたかのようだ。

停車するやドアが開けられた。いかにもという感じの、年配の英国風執事が出迎えるほか、スーツ姿の大使館職員らがずらりと並んでいる。李奈は信じられない気分で降り立った。優佳と菊池も目を白黒させている。

半ば呆然《ぼうぜん》としながら、三人は館内へといざなわれた。これまたバッキンガム宮殿に見まがうような、絢爛《けんらん》豪華たる装飾や調度品に彩られた別世界が、通路の果てまで延々とつづく。李奈は脈拍の速まりを自覚していた。いったいなにがまっているというのだろう。あれこれ想像をめぐらすだけでも怖くなる。

やがて観音開きのドアを入った。白と黄金の二色からなる、まばゆいばかりの室内だった。回り縁の天井にシャンデリアが下がり、繊細な模様を刻むモールディングが縦横に壁を埋め尽くす。大きなペルシャ絨毯《じゅうたん》の上には、マホガニーとおぼしき猫脚の家具が、どれも整然と配置されていた。

部屋にはふたりの西洋人がいた。どちらも質の高そうなスーツに身を包んでいる。白髪交じりの痩《や》せた男性が、にこやかに頭をさげたとき、李奈はすっかり腰が引けていた。どうしよう。英語なんて大学レベルでしかない。

ところが男性は流暢《りゅうちょう》な日本語で話しかけてきた。「初めまして、杉浦李奈さんですね。私は書記官のアイヴァン・エインズワースです。彼は日本文学の研究者で、ケンブリッジ大学教授でもあるケネス・マクラグレン」

マクラグレンの年齢は五十代ぐらい、頭のてっぺんは禿《は》げているが、側頭部に栗いろの髪を残している。挨拶《あいさつ》はやはりおじぎに留《とど》め、握手を求めようとしないのは、日本人への配慮だろうか。

日本語が通じるとわかったからか、しどろもどろだった菊池が急に背筋を伸ばし、ふたりの前に進みでた。「KADOKAWAの菊池です。このたびはご連絡をいただきまして……。杉浦李奈さんの友人である那覇優佳さんも同行しました。突然のお招きでしたし、杉浦さんもひとりでは不安とのことでしたので」

李奈が関知していない妙な物語が、すらすらと菊池の口を衝《つ》いてでる。優佳が眉《まゆ》をひそめると、菊池が目配《めくば》せした。

マクラグレン教授は特に気にしたようすもなく、いくらか訛《なま》りの強い日本語でいった。「歓迎しますよ。こちらとしては知恵を授けてくださるかたが、ひとりでも多いほうがありがたいですから」

エインズワース書記官がうなずいた。「お呼びたてしてしまい恐縮ですが、大使館でお話しさせていただいたほうが、これがわが国にとって重大事項であるとの裏付けになるかと思いまして」

そういうとエインズワースはドアのほうへ声をかけた。今度は英語だった。早口のクイーンズ・イングリッシュは、ごく簡単なひとことでもリスニングできない。ドアのわきに待機していた執事が、トレーを水平に掲げながら歩み寄ってきた。テーブルの上にトレーを載せると、ふたたびかしこまって引き下がる。

トレーの上にあるのは一冊のかなり古びた洋書、それに大判の封筒だった。封筒のほうはかなり厚みがある。

洋書の表紙は画像で見たことがあった。ぼろぼろになっているうえ破れかけてもいる。"The Hound of the Baskervilles" by Arthur Conan Doyleと箔《はく》押しされていた。

李奈はつぶやいた。「コナン・ドイル著『バスカヴィル家の犬』の初版本……」

「そのとおり」マクラグレン教授がうなずいた。「シャーロック・ホームズものは短編が多いですが、これは数少ない長編のひとつで、最高傑作の呼び声も高い人気の本ですよ」

優佳が首をかしげた。「なんだっけ。牛みたいに大きな〝魔犬〟の伝説が題材になってる話？」

「そう」李奈は応じた。「それ」

「そのエピソード、宮崎駿《みやざきはやお》の『名探偵ホームズ』で映像化された？」

「さあ……。記憶にないけど。なんで？」

「あのアニメってホームズとワトソンが犬じゃん。そこに別途、魔犬が登場してくるのって、どういう話になるか気になるよね」

「……それがネックでアニメ化されてないと思う。たぶん」

マクラグレン教授の眉間《みけん》に皺《しわ》が寄った。「なにか？」

「いえ、あの」李奈はあわてて両手を振った。「なんでもないです。他愛のないことでして」

「その表紙ですが」マクラグレンが本を指さした。「不備があると主張する研究者が少なからずいます。賢明な杉浦先生ならご存じと思いますが」

「不備……。ひょっとして著者の表記ですか。コナン・ドイルとフレッチャー・ロビンソンの共著にすべきとか」

「まさにそこです。ドイルはあくまで友人ロビンソンの助言にヒントを得たにすぎず、独力で書いたという説から、ほとんどロビンソンが完成させていた小説を買い取り、主人公をホームズに書き換えただけとの説まで、さまざまです」

優佳がきいてきた。「なに？　これパクりだったの？」

「そういうわけじゃないけど……」李奈は口もごった。

岩崎翔吾《いわさきしょうご》事件の取材で、大御所推理作家の田中昂然《たなかこうぜん》と会ったときにも、そんな憶測をきかされた。田中は別の作家の原稿をドイルが買収したときめつけていた。実際には諸説ある。なにしろこの初版が刊行されたのは一九〇一年、いまから百二十三年も前のことだ。遠い極東の国であれこれ考えをめぐらせたところで、答えにたどり着けるはずもない。

マクラグレン教授が李奈を見つめてきた。「ひょっとしたら『バスカヴィル家の犬』の本当の著者かもしれない人物、フレッチャー・ロビンソンについては、どのていどご存じですか」

「ええと……。正確な名前はバートラム・フレッチャー・ロビンソン。ほかにもミステリを書いてますよね。アディントン・ピース警部というキャラクターを探偵役にした短編シリーズだとか……。でも読んだことありません。日本語訳がでてないので」

「でしょうね。『バスカヴィル家の犬』の三年後、わがイギリスの雑誌で連載が始まり、翌年には単行本化されました。ピース警部には画家のフィリップという友人がい

て、小説は常にこのフィリップの目を通して描写されています。ワトソン著というこ
とになってるホームズものと同じなわけです」
「内容はどうなんですか。出来ばえは……？」
「ホームズもののパターンを踏襲した作品としては傑作の部類と、エラリー・クイー
ンも褒めてます。フレッチャー・ロビンソンが『バスカヴィル家の犬』を書いたとし
ても、ふしぎではないわけです」
　奇妙な間が生じた。李奈は問いかけた。「あのう、わたしになにを……？」
　マクラグレン教授は会話を急がなかった。「杉浦さん。フレッチャー・ロビンソン
が三十六歳の若さで亡くなったことをどう思われますか」
「……本で読んだことがありますけど、まともな治療がおこなわれなかったり、検死
にも不備があったりしたといわれてますよね。奥さんが夫の死亡により、大きなお屋
敷を相続したとか」
「なによりコナン・ドイルは医師でした。薬物に詳しいのはもちろんのこと、毒薬に
精通していてもふしぎではありません」
　李奈は当惑をおぼえた。英国大使館に呼びだされ、書記官立ち会いのもと、ゴシッ
プ記事のような話をきかされるとは思わなかった。

優佳が目を丸くした。「コナン君が殺したの⁉」

「コナン君って」李奈は思わず吹きだした。「なんでコナン・ドイルを君呼ばわり?」

菊池が真顔で李奈にきいた。「そのロビンソンって人が本当の著者なのに、ドイルが単独の作品として出版するにあたり、口封じに殺害したわけか?」

「いえ」李奈は否定した。「俗説のひとつってだけです。ドイルはロビンソンからヒントをあたえられたていどだったといってます。いまではそれが通説でしょう」

マクラグレン教授が『バスカヴィル家の犬』初版本を手にとり、表紙を開いた。「この本の冒頭に謝辞がついています。〝親愛なるロビンソン君。きみが語ってくれたイングランド西部の伝説に着想を得られたこと、そしてあらゆる協力に対し、深く感謝申しあげます〟と」

優佳が怪訝《けげん》そうにつぶやいた。「共著じゃないし、物語そのもののアイディアを提供してもらったわけでもなくて、あくまで地域の伝説を教えてくれたにすぎないって強調してる。なんとなく冷たく思えるのはわたしだけ?」

そこは同意せざるをえないと李奈は思った。「あとで発売されたアメリカ版では、この謝辞が書き換えられていたらしくて。〝きみが語った伝説に触発され、私が独自で考えた〟的な言いまわしに……」

マクラグレン教授がうなずいた。「さらに一九二九年版の前書きでは、〝ロビンソンは魔犬の伝説を教えてくれたものの、この小説は一語一句に至るまで私の創作〟と、いっそう具体的に主張を強めてます」

菊池が腕組みをした。「なんだか必死だな。やましいところがある人間にかぎって頑《かたく》なな態度をとりたがる」

「そんな」李奈は顔をしかめてみせた。「だからってロビンソンさんの早すぎる死と結びつけるなんて、発想が突飛すぎるでしょう。なんの証拠もないんですよ」

またなぜか沈黙が生じた。マクラグレン教授が大判の封筒を手にとり、なかからA4サイズの紙の束をひっぱりだした。

英文でタイプされた原稿のコピーだとわかる。不鮮明な箇所が目につくのは原本が古いからだろうか。

一ページめに記された題名を見たとき、李奈はぞっとする寒気をおぼえた。〝The Hound of the Baskervilles〟by Bertram Fletcher Robinson とある。

バートラム・フレッチャー・ロビンソン著『バスカヴィル家の犬』……。李奈はささやきを漏らした。「まさか……」

いと」

　マクラグレン教授がコピー用紙の束をとりあげた。「大変恐縮ながら原本は本国に保管されています。しかし大英博物館の書物鑑定チームによる精査、紙の放射性炭素の測定など、あらゆる分析を駆使した結果、一九〇一年ごろの執筆とみてまちがいないと」

　タイプライターの活字だけでなく手書きの署名もある。李奈はマクラグレンにきいた。「そのサインも鑑定されたんですね？」

「ええ。まぎれもなくフレッチャー・ロビンソン本人のサインです。問題はこの原稿の内容が……。主人公こそシャーロック・ホームズでなくトーマス・ハーンなる探偵となっていますが、九割九分、われわれのよく知るドイル著『バスカヴィル家の犬』なんです」

　優佳が驚きのいろを浮かべた。「マジで？」

　菊池も神妙な面持ちになった。「動かぬ証拠がでてきたわけか」

　李奈はまだ納得がいかなかった。「まってください。一九〇一年ごろ書かれた原稿だったとしても、ドイル作より早いかどうかは……。そもそもこの原稿はどこから見つかったんでしょうか」

　マクラグレン教授が原稿をトレーに戻した。「彼が亡くなったロンドンのベルグレイビアに、書類を専門に預かる貸金庫店があり、そのオーナーの家系の相続品に紛れていました。発見されたのは半年前で、つい先月になり鑑定結果があきらかになったんです」

李奈は茫然《ぼうぜん》とコピーの束を眺めた。アーサー・コナン・ドイルの生んだ、世界で最も有名な探偵、シャーロック・ホームズ。そのなかでも代表作といえる『バスカヴィル家の犬』が、じつは他人の作品の丸写しだった？　もしそうだとすると……。

優佳が声高にいった。「殺人事件もありえたかも」

「ちょっと」李奈は咎《とが》めた。「それは先走りすぎだって」

だがマクラグレン教授は真剣なまなざしを向けてきた。「いえ。たしかにゴシップめいた話を鵜呑《うの》みにするのは気が引けますが、少なくともドイルの主張が事実でない可能性が生じたのです。最高傑作『バスカヴィル家の犬』がロビンソン著だったとすると、当時は巨額の印税が絡む事案だっただけに、思いきったこともありえたかも……」

李奈はマクラグレンを見かえした。「ほんとにそうお考えなんですか？」

「私の考えより、世間がどうとらえるかが問題なんです。ドイルの名誉がかかっています。ひいてはイギリスの一世紀以上にわたる推理小説の歴史、その源流に大きな瑕《か》瑕《し》が生じることに……。私たち文学研究家としては見過ごせません」

「それでいったい、わたしになにを……」

「杉浦さんはこれまで盗作にまつわる謎を、数多く解明なさってきた。殺人事件の犯人までも片っ端から暴いておられる。しかもいまや大ベストセラー作家で直木賞候補。ぜひ力をお借りしたいのです」

「そんな。わたしは英語をすらすらと読みこなせませんし、文学的なニュアンスを正確に解釈するなんてとても……」

「大学をでておられるのですから英文読解は学習済みでしょう。私ども無闇《むやみ》にお願いしているのではないのです。世界十四か国で、文学にまつわる謎解きを得意とする研究者、作家、評論家らを頼り、いま杉浦さんに申しあげたのと同じことを伝え、協力を仰いでおります」

菊池がため息をついた。「なるほど。イギリス国内では結論がでず、海外の研究者も頼ることになったわけですか。日本においては杉浦李奈さんだと」

「おっしゃるとおりです」マクラグレン教授が大きくうなずいた。

エインズワース書記官が咳《せき》ばらいをした。「杉浦さん。あまりに急な話で、大変ご迷惑とは存じます。しかしあなたの奇跡のような問題解決力に、私たちも期待したいのです」

李奈は二の足を踏まざるをえなかった。「申しわけありません。わたしは駆けだしの小説家にすぎませんし、いままでの事件も偶然に次ぐ偶然の連鎖で……。問題解決力というのはありませんし、そういう専門家でもないんです」

マクラグレン教授は目を剝《む》いた。「いいや！　聖書をコードブックとする暗号文から、徳川《とくがわ》埋蔵金の謎を解明されたではありませんか。シャーロック・ホームズ・シリーズは聖書に次ぐ世界的ベストセラーなのですよ。頼るべきはあなたしかいない」

「そうおっしゃいましても……」

「報酬ですが」マクラグレン教授は急にトーンダウンした。「まことに申しわけないのですが、この調査の権限を託された、私どもBritish Literary History Verification Committee――英国文学史検証委員会の決定により、名誉を報酬としていただきたく……。日本語でいう薄謝と呼べるぐらいかと」

ふいに菊池が口を挟んできた。「わかりました。弊社も杉浦さんを全面的にバックアップし、調査に協力を惜しみません」

優佳がしらけた目つきを菊池に向けた。「いつも部数や印税のこととか、上長にきかないとわからないとかいってて、いまはこんな重要なことを菊池さんひとりで即決?」

「だいじょうぶだよ。僕は杉浦さんの担当編集だからな」菊池が李奈に向き直り、ひそひそとささやいてきた。「直木賞候補に選ばれてから発表までの一か月は、みんな精神状態が不安定になりがちでね。創作に打ちこもうとしてもなかなか集中できず、不眠になったり深酒に走ったりする」

李奈は首を横に振った。「みんなそうなるとはかぎらないでしょう」

「担当編集としては、ちょっと変わった仕事で息抜きしてもらうのが最善の策、そんな伝統があるんだよ。ゴルフ好きの作家には受賞発表までのあいだ、海外のゴルフコースの取材に行ってもらうとか。杉浦さんの場合はこういう事件に取り組むのが、いかにも性に合ってるじゃないか」

「重荷ですよ。責任が伴います」

「世界十四か国の専門家にオファーしてると、教授もおっしゃったじゃないか。声がかかったことを名誉だととらえるべきだよ。結果をだせなくても恥じる必要はないし、軽い気分で臨めばいい」

「KADOKAWAさんになにかメリットあるんですか」

「あるとも」菊池が目を輝かせた。「『écriture 新人作家・杉浦李奈の推論』の十一巻として、白濱瑠璃《しらはまるり》さんに執筆させる」

李奈はげんなりした。「またそれですか……」

とはいえ『バスカヴィル家の犬』の問題には、ミステリファンとして純粋に興味がある。じつのところ、この物語はどちらの手によるものだろう。ドイルか、それともロビンソンか。ドイルによるロビンソン殺害説は眉唾《まゆつば》だが、ホームズものとしても出色のできといえる一篇が、果たして誰の著作物なのか。李奈自身に解明できるとは思えなくとも、ふたりの原稿を公平に比較研究してみたい。

李奈はマクラグレン教授とエインズワース書記官にいった。「なんの約束もできませんけど、この原稿を読ませていただけるのでしたら……」

マクラグレン教授が笑顔になった。「そうこなくては!」

エインズワース書記官も有頂天のようすだった。「ありがたい。これで日本でもニュースバリューが大きく増します」

「はい?」李奈はたずねた。「ニュースバリューとおっしゃると……?」

返答したのはマクラグレン教授だった。「明日かあさってには世界に向け、この原稿の発見が公表されるんです。どこかのゴシップ誌がドイルを貶《おとし》める前に、我々がしっかり調査していると表明するんですよ。広く一般に認知されたいことですし、各国の著名な専門家が謎に取り組んでいるとなれば、人々の興味を駆り立てるでしょう」

やられた。つまり李奈は日本における広報の役割か。ロビンソンの原稿が発掘された以上、イギリスは本腰をいれ調査しているとの事実を、世界に喧伝《けんでん》したがっている。さもなくば勝手な憶測を書き立てられてしまうからだ。調査が大々的におこなわれていると強調するためにも、各国で名の知れた人物を絡めたかったらしい。

すると本心では李奈に期待していないのだろうか。李奈はマクラグレン教授を見つめた。「本音では、わたしには正解できないとお思いでしょうね……」

「そんなことはけっして！」マクラグレン教授の日本語はいちいち大げさだった。広報係を得た喜びのほうが大きいのか、マクラグレンはすなおな物言いになった。「たしかに英文ですので難しいとは思いますが……。協力していただけるだけでも価値あることなんです。このニュースが世界にひろまれば、本当の答えを知る誰かが名乗りでるかもしれませんし」

4

富士見一丁目から三丁目の住宅街には、KADOKAWAのビルがいくつも点在する。いちばん古くから建つ角川本社ビルは一丁目、路地の坂道を延々と登った頂上付近に位置する。大理石や木目からなるアールデコ調が特徴で、いかにも重役のオフィスが連なっていそうな、堅い雰囲気に満ちている。

とはいえ李奈は、この本社ビル内になにがあるのか、深く考えたこともなかった。ロビーにケロロ軍曹の立て看板が飾ってある、もともとそれぐらいしか知らない。

午後二時過ぎ、李奈と優佳は昼食を終えたあと、菊池に本社ビルへといざなわれた。三階の一室は書庫になっていて、三方の壁は洋書と訳書で埋まっていた。部屋の中央には会議用の円卓。編集部があるほうのビルとちがい、なにもかも整然と片付いていて、まるで高級ホテルのロビーにある蔵書コーナーだった。

戸口に立った菊池が、妙なハイテンションでいった。「角川文庫でも『バスカヴィル家の犬』がでてるからね。ここに原著も訳本もある。ほかのドイル作とか、関連書籍もだいたいあるはずだ」

異様な空気が漂う。李奈は戸惑いがちにうったえた。「あのう、わたしはひとまず帰ろうかと……」

優佳も笑みがひきつっていた。「わたしもすっぽかしたアニメの打ち合わせが気になってるんですけど」

「あー」菊池が早口にまくしたてた。「そっちなら心配ない。原作者がいてもいなくても状況変わらず。映像版を作るのは俺たちじゃないから、まあしょうがないよな。ってことで、あとはよろしく。夕食とるなら出前館で頼んでいいから。白濱瑠璃に連絡とらなきゃな。それじゃ」

「ちょっと」優佳は詰め寄ろうとした。「菊池さん……」

ところが菊池は廊下に引き下がると、さっさとドアを閉めてしまった。優佳は追いかける気力も失せたのか、苦い顔で振りかえった。

「ったく」優佳は頭を搔《か》きむしった。「なにこの状況。なんで軟禁状態?」

李奈は苦笑いを浮かべてみせた。「英国大使館から社長さんへ依頼があったらしいし、わたしが引き受けた以上、それなりの結果をだしてほしいんでしょう」

「なんのために?『ニュクスの子供たち』が直木賞獲《と》るかどうかと、こんなことは関係ないでしょ」

「ニュースがでれば白濱さんの書く『écriture』シリーズが売れるかもって、たぶん会社はそこを期待してる」

いくつか事件に関わったせいで、それらの記録を白濱瑠璃が小説化することになったが、今度はその売れ行きのため李奈が謎解きに挑まねばならない。まさに本末転倒だった。小説家としては、どうにもイロモノ扱いになってしまうのではと不安に駆られる。直木賞選考が気になるいまはなおさらだ。KADOKAWAは受賞の可能性低しとみて、作者の話題性のみ追求に走ったのかもしれない。

そう思ったとたん気分が萎《な》えてくる。李奈は英国大使館から預かった大判の封筒をテーブルに置いた。「せっかくだからここで調べられるだけ調べてみる。優佳は先に帰っていいから」

しかし優佳は書架から一冊の文庫を引き抜いた。「見つけた。『バスカヴィル家の犬』角川文庫版、駒月雅子《こまつきまさこ》訳」

「優佳……」

「いいから。きょうは英国大使館までつきあったんだしさー。どうせマンションに帰っても、すぐ仕事する気になんかなれない」優佳はふいに声をひそめた。「KADOKAWAアニメで二期からスタッフが代わりがちなのって、やっぱお金が絡む問題なんだよね?」

「さあ……。わたしのほうはアニメ化の話がいっさいないから、よくわかんない」李奈も書架をめぐりだした。洋書は著者名でアルファベット順に並べてあるようだ。ドイルの著作のなかでも、シャーロック・ホームズは一か所にまとめられていた。

長編は刊行順にあった。“A Study in Scarlet”は『緋色の研究』、“The Sign of Four”が『四つの署名』、そして……。

“The Hound of the Baskervilles”を李奈は手にとった。装丁は英国大使館で見た初版本と、まったく異なっている。洋書は奥付の代わりに、冒頭にコピーライト・ページがある。そこをたしかめた。一九六八年にイギリスの出版社から刊行されている。

優佳が席につきながら文庫本を開いた。「ええと。たしか大昔に領主が魔犬に食い殺されたって伝説があって……。その子孫が屋敷を継ぐにあたって、呪われた一家だけに同じ目に遭うんじゃないかって、戦々恐々とする話だよね」

「そう」李奈も向かいの椅子を引いた。記憶を頼りにあらすじを諳《そら》んずる。「準男爵家のバスカヴィル一族に代々伝わる呪い。むかしの当主ヒューゴー・バスカヴィル卿《きょう》は、悪行のかぎりを尽くした祟《たた》りからか、牛みたいに大きな犬に喉《のど》を食いちぎられた。しかも現当主のチャールズ・バスカヴィル卿も心臓発作で死亡。近くに大きな犬の足跡があったって」

バスカヴィル家の古い屋敷は、ロンドンの南西にある荒野、湿地帯ばかりのダートムア地方に建つ。チャールズ卿の死に伴い、青年ヘンリー・バスカヴィル卿が相続人となった。だがそれに先んじて、チャールズ卿の不可解な死について、主治医だったモーティマー医師がホームズに相談していた。

李奈はいった。「ヘンリー卿が屋敷に住み始めるにあたり、謎の人物から匿名の手紙が届くの。屋敷へ行ってはいけないという警告だった。だけどホームズはほかに用事があって、ワトソンがヘンリー卿に付き添って屋敷に泊まるの」

「すごっ」優佳が目を瞠《みは》った。「登場人物名もなにもかも、ぜんぶ記憶してるの？　シャーロキアンじゃん」

「これは有名な作品だし、そんなに熱烈なファンじゃなくても、あらすじとキャラは記憶してると思う。執事バリモアとか、昆虫学者ステープルトンとか、その妹のベリル嬢とか、脱獄囚のセルデンとか」

「思いだした。脱獄囚セルデンって、屋敷のそばの沼地だか岩山だかに潜んでるんだよね？　そのくだりが意味深に延々とつづくけど、ワトソンとヘンリー卿じゃ謎解きも進展しないし、けっこうなページ数をとったあと、いきなりホームズ登場」

「そう。用事があるといってたけど、じつは独自に別方面から調べてた」

「まんまとワトソンの見当ちがいに乗せられて、中盤のかなりのページ数を稼がれちゃうんだよね」

李奈は笑った。「ワトソンの記述って体《てい》の小説だから、ずっとそっちの筋運びになっちゃうのは仕方ないの。それを利用して、ホームズがほかの場所で行動してるくだりを、いっさい書かずに重要な情報を伏せてる。推理小説としてはアンフェアぎみだけど、ホームズとワトソンだから許される」

「許されるのかなぁ……。中盤の勘ちがいのくだりを省けば、『赤毛連盟』並みの短編になるんじゃない？」

「だけど中盤の脱獄囚の存在や、使用人の怪しい振る舞い。犬の遠吠《とおぼ》えがきこえたり、岩山に怪しい人影が浮かんだり……。中だるみなく上手に引っ張ってない？」

「まあね。読んでるうちは退屈はしなかった気がする。構成が巧《うま》いのかな。ほかの長編はよくおぼえてないけど、こんなに巧かったっけ」

「んー」李奈は書架を振りかえった。「ホームズものは短編の評価が高くて、長編は正直あんまり……。第一作の『緋色の研究』も刊行当時は人気にならなかったし、『四つの署名』と『恐怖の谷』は二部構成で、前半でホームズの活躍が終わっちゃう。後半は別の小説みたいで、評価は人によってさまざま」

「あー、そうだったね。なんていうか癖がある構成だよね。二冊ぶん楽しめるっていえば、そうなのかもしれないけど、一冊の長編として考えるとまとまりに欠けるかも。そのへん『バスカヴィル家の犬』は別人みたいに起承転結がしっかりしてる。ロビンソンって人の才能？」

決めつけはよくないが、アイディアといいプロットといい、たしかにほかの長編と趣向が異なるのはたしかだ。読者によって好みは異なるだろうが、四作の長編のなかで『バスカヴィル家の犬』だけが抜きんでている。ドイル以外の著者の才能か。だとすればそれは実際のところ、何割ぐらいの影響によるものだろう。

李奈は洋書の『バスカヴィル家の犬』と、大使館から預かったコピーの束を見くらべた。知らない単語も多かったが、英語の試験の長文読解問題と考えれば、なんとか読み進んでいける。ただし時間がかかる。あまり深掘りせずに拾い読みをしてみた。最初の三ページほどで、登場人物名や細かい装飾語を除き、もうほとんど同一だとわかる。全文の意味はわからないまでも、共通する文法のなかで、いくつかの単語が入れ替えてあるだけでしかない。

優佳が天井を仰いだ。「ドイルってワトソンと同じく、お医者さんだったんでしょ？　じつはあんまり小説の才能がなかったとか？」

「いえ……。そこの棚にもあるけど、歴史小説も書いてるし、SFも『失われた世界』とか有名だし」

『失われた世界』は、恐竜のいる秘境をめざす冒険譚《たん》だが、一風変わった地形の描写などは『バスカヴィル家の犬』と共通する。物語の構成力はジャンルがちがうため、単純に比較はできない。ドイルに『バスカヴィル家の犬』が書けないとは、けっして断言できない気がする。

優佳が文庫本をテーブルに置いた。「あとはフレッチャー・ロビンソンって人がどれだけ文才あるかだよね」

「そこだよね」李奈は立ちあがり書架へ向かった。「ここに著書あるかな」

ロビンソンのRから始まる著者名をあたる。するとハードカバー本の背にBertram Fletcher Robinsonなる表記が、あっさりと見つかった。"The Chronicles of Addington Peace"は、アディントン・ピース警部の短編集だ。意外にもそのほかに、分厚い全集らしき本がたくさん並んでいる。冊数は著名な文豪にさえ匹敵する。

「どれ」優佳が歩み寄ってきて、うち一冊を引き抜いた。表紙を開き、著者略歴とおぼしき英文に目を落とす。優佳がため息をついた。「わたしの拙い英語読解力が正しければさ、こう書いてあるよ。生涯で遺《のこ》した短編小説は千九百一。ほかに千八百九十七の風刺劇と、十四の歌詞……」

李奈は啞然《あぜん》とした。享年三十六にしてかなりの多作家。参照すべき手がかりは山ほどある。英語をろくに読みこなせない李奈にとって、それはいばらの道を意味するにちがいない。

「ねえ」優佳が提言してきた。「小笠原莉子《おがさわらりこ》さんに頼んだら？　あの人は英語喋《しゃべ》れたよね？」

「いま日本にいないって。莉子さん夫婦は習近平《しゅうきんぺい》国家主席とも会ったでしょ。あのあとアメリカに招かれて米国鑑定士協会《ASA》の一員になってる。ときどき海外での美術品のオークションに呼ばれるの」

「マジで？　神楽坂《かぐらざか》のお店で細々と、身近な品物を鑑定してるんじゃなかったの？」

「むかしはそうだったけど、いまはお子さんもいるし、偉くなってるみたいだから……」

万能鑑定士Qには頼れない。これは文学の真贋《しんがん》分析だ。李奈の領分ではある。ただし読めもしない英語の小説とは難題だった。どういう切り口をもって臨めばいいのだろう。

5

日曜はよく晴れていた。李奈はひとりで千葉へでかけた。東京駅から総武《そうぶ》線快速の君津《きみつ》行に乗り、木更津《きさらづ》で内房《うちぼう》線に乗り換える。やがて緑豊かな平野のひろがる南三原《みなみはら》駅に着いた。朝から出発したのに、もう昼下がりになっている。

駅舎は小ぶりで素朴な平屋建てだった。駅前には商業施設もなにもない。タクシーの一台も停まっていなかった。交通の少ない道路沿いに、新旧の民家が点在するのみ、空き地や畑も当たり前のように見かける。そんな片田舎を延々と歩いた。

スマホのナビでは徒歩三十分とあったが、李奈の足ではもう少しかかった。梅雨の晴れ間の蒸し暑さにへとへとになりながら、ようやく〝道の駅ローズマリー公園〟に到着した。

ここはそれなりの人出だった。いかにも道の駅らしい物産市場や農作物直売所があるが、その向こうの広大な敷地には別世界がひろがっていた。イギリス風の教会に似た白い建物や、チューダー様式の屋敷が建つ。そこだけ切りとって見ればイングランドの農村部のようだ。

かつてはシェイクスピア・カントリーパークという名のテーマパークだったという。しかし運営が民間企業になったことで、道の駅として再出発したときく。立派な二階建ての屋敷は、シェイクスピアの生家をもとに設計されたと、公式サイトの案内にはある。

いまそちらの一帯には、鹿撃ち帽にインバネスコートという、シャーロック・ホームズの扮装《ふんそう》をした人々がうろついている。大人も子供も服の上から、そんな簡易コスプレを羽織り、地図らしき紙を持って右往左往する。

李奈のいる場所のわきに立て看板がある。〝シャーロック・ホームズ謎解きゲーム開催中〟と記されていた。後援は日本シャーロック・ホームズ・クラブ。午後三時より推理作家・田中昂然先生による講演会、イベント会場内シェイクスピア・シアターにて。

ベテラン小説家の田中昂然に会うため、李奈はわざわざここまで足を運んだ。集英社の編集者に問い合わせてもらったところ、きょう田中は朝からここにいると教えられたからだ。

チューダー様式の屋敷があるほうへ歩きだそうとした。すると男性の声が耳に入った。「おまちください」

李奈は足をとめた。傍らに長テーブルが据えてあり、公務員風の大人しそうな男性が三人、並んでパイプ椅子に座っていた。

眼鏡をかけた男性が、特に愛想笑いもなくきいた。「エントリーシートは？」

「はい？」李奈は戸惑いをおぼえた。「あのう、わたしは謎解きゲームに参加するんじゃなくて、田中昂然先生にお会いするために……」

「講演会はゲーム参加者だけが入場できます」

「……いえ、講演会をききにきたわけでもないんです。田中先生とは面識がありまして、ちょっと別の用件で相談したかったので」

「なかに入るにはゲームに参加していただかないと」

テーブルの上に積んであるチラシのなかには、〝南房総《みなみぼうそう》市からのお知らせ〟も含まれていた。この男性たちは、見た目が公務員風というだけでなく、本当に市役所の職員かもしれない。謎解きゲームの受付としては、まったく楽しそうでないことも、日曜の休みが潰《つぶ》れて不満だと考えれば合点がいく。

李奈は問いかけた。「どうすればいいんでしょうか」

「エントリーシートへの記入は省略していただいてかまわないので」男性は紙を一枚差しだしてきた。「この問題を解いていただかないと」

受けとった紙に印刷されているのは、謎解きゲームにありがちなクイズだった。


駅名を答えてね！

まみ**む**めも　たちつてと　さ**し**すせそ　かきくけこ

「あの」李奈はおずおずときいた。「これ、ホームズにちなんでロンドンの駅名とか、そういうのじゃないですよね？」

「質問は受けられないので」

「もうちょっとテーマに沿った問題のほうが雰囲気がでません？　シャーロック・ホームズについてだとか、有名な短編に書かれた事件になぞらえるとか」

三人の男性らはみな無表情で見かえした。提言の意味がまるでわからない、そんな顔をしている。謎解きゲームにまったく関心がない、文字どおりのお役所仕事なら、思考停止状態も無理はない。

この問題の正解は知れていた。むさし濃すぎ。李奈は答えた。「武蔵小杉《むさしこすぎ》駅ですよね」

男性は園内マップと、首から提げる通行証を手渡してきた。「シェイクスピアの生家の二階へどうぞ」

「田中昂然先生はどちらにおいでですか」

「ゲームの最初のチェックポイントは、シェイクスピアの生家の二階です」

会話が嚙《か》み合わない。男性らは李奈の背後に目を向けている。李奈が振りかえると、ゲームへの参加希望らしき数人の列ができていた。

邪魔してはまずい。李奈はそそくさと先に進んだ。鹿撃ち帽とインバネスコートのレンタルコーナーがあったが、さすがに遠慮した。

タイル張りの遊歩道がテーマパークだったころの名残を感じさせる。李奈は歩きながらぼんやりと思った。シェイクスピアの生家というのもちょっとちがうのではないか。たしかにこの施設内ではそうなのだろうが、あくまでホームズの謎解きゲームである以上、それらしい設定にすべきではなかろうか。マスグレーブ家のお屋敷だとか、『プライオリ・スクール』のホールダネス公爵の館だとか。そのほうがシャーロキアンも喜ぶ気もするのだが。

屋敷に入り二階へあがってみた。三角屋根の内部そのままの天井を有する広間に、かつての展示物なのかジオラマが飾ってある。十六世紀のテムズ川南岸にあった劇場、グローブ座の再現だった。シェイクスピアの劇がさかんに上演された由緒正しい聖地。けれども鹿撃ち帽のゲーム参加者らはジオラマに目もくれず、部屋の片隅の長テーブルに寄り集まっている。

そちらでは女性の係員が新たな問題用紙を配布していた。李奈はテーブルに歩み寄ると、女性に声をかけた。「すみません。田中昂然先生はどちらでしょうか」

女性はさっきの受付にいた男性よりは、いくらか愛想をしめしてくれた。「講演会は三時からですよ」

「それはわかってるんですが、個人的にだいじな話がありまして」

「ええと、田中先生はたしかシェイクスピア・シアターにおられるかと。でもそちらに入るためには、これに答えていただかないと」

また問題用紙を受けとらざるをえなかった。李奈は仕方なく一瞥《いちべつ》した。


以下の文章の意味を答えなさい。

箱は箱。部屋は部屋。ドアはドアにあらず、皿と同じだが、皿に料理を盛れば皿。


「んー」李奈は頭を掻《か》いた。「これ日本語でしか通用しない問題ですよね……」

女性は真顔でうなずいた。「そりゃそうです。わたしたちは日本人ですから」

「英語の問題にしたほうが雰囲気がでませんか？　シャーロック・ホームズ謎解きゲームなんだし」

「あー、お客さん。それはちがいますね」

「そうなんですか？」

「こういう謎解きゲームというのは、誰でも参加できるのが面白いんですよ。英語問題は知識がなきゃ解けないじゃないですか。物知りクイズ全般がそうです。でもひらめきで解ける問題なら万人が楽しめます」

「なるほど、そうですね……。おっしゃるとおりです」

「で」女性が片耳を近づけてきた。「お答えは？」

李奈は女性の耳にひそひそとささやいた。「箱はひと箱ふた箱。部屋はひと部屋ふた部屋。ドアはひとドアふたドアでなく、皿と同じ一枚二枚だけど、皿に料理を盛ればひと皿ふた皿」

「大正解！」女性は透明な食品パックを渡してきた。なかには乾燥ワカメのような物が入っている。屈託のない笑みとともに女性がいった。「これをお土産にどうぞ。お持ちになればシェイクスピア・シアターに入れます」

パックには丸いロゴ文字で〝房州《ぼうしゅう》特産　極上くじらのたれ〟と印刷してある。たぶん鯨肉をスライスして、タレにつけたうえで天日に干した物……。李奈は当惑を深めた。「ご当地の特産品ですか？」

「そうですよ。お持ち帰りになって食べていただけるのと同時に、このイベント内ではシェイクスピア・シアターの入館証も兼ねてます」

女性はほかの客の応対に追われだした。李奈は狐につままれたような気分で、その場をあとにした。やはりもう少しシャーロック・ホームズというテーマ性を重視したほうが……。そちらは関係ないのだろうか。

隣接する建物の一階入口で、係員に〝くじらのたれ〟をしめすと、あっさりなかへ通された。

木造トラス屋根を備えた吹き抜けの空間は、中世イギリスの小劇場に似せてあった。教会のようでもある。オーク材が多用されている。客席用の木製椅子は百脚ていどだった。

そこかしこで立ち働くスタッフは、講演会の準備に追われているらしい。狭い舞台上に、セイウチのように太った高齢男性が、スーツ姿で立っている。田中昂然は白髪頭を掻きむしりながら、手にした紙を眺めてぼやいた。「これのどこがシャーロック・ホームズの謎解きゲームなんだ？　『頭の体操』か『ミラクル9』じゃないのか」

大御所作家も同じことに疑問を呈している。李奈は苦笑しつつ舞台への階段を登った。「人を選ばないのが謎解きゲームの醍醐《だいご》味《み》らしいですよ」

田中が振り向いた。厳《いか》めしかった顔に歓迎の笑いがひろがる。「杉浦李奈さんじゃないか！　ひさしぶりだなぁ。直木賞候補おめでとう」

「ありがとうございます。『帝釈天通りの殺人』拝読しました。斬新なトリックに目が覚める思いです」

「いやいや、これは恐縮だね。さすが杉浦さん、〝先生もお元気そうで〟とか、くだらんことはいわん。ひとを老人扱い、もしくは過去の遺物とみなしとるのかと、いつも腹を立ててばかりの昨今でな。小説を読みもせん連中が」

「きょうこちらで講演をなさるときいてうかがったんです。コナン・ドイルについて詳しく知りたくて」

「ドイル？　ほう。もう純文学作家に転向したかと思いきや、ずいぶん基本的なところに立ちかえってくれる」

「田中さんは頻繁に渡英なさって、本国の研究会とも交流があるんですよね。筋金いりのシャーロキアンとして有名でもあられて……」

「シャーロキアンというのは、ファーストネームで呼びあうアメリカ人ならではのネーミングだよ。イギリスではホームジアンという」田中はふいに声をひそめた。「その辺りを深掘りしたイベントなら楽しめるんだがね。鹿撃ち帽にインバネスコートという緩さだ。日本シャーロック・ホームズ・クラブの理事も嘆いとった。で、なにをききたい？」

「『バスカヴィル家の犬』についてですけど」

「ああ。あれはドイルの作品じゃないな。フレッチャー・ロビンソン作だよ」

「……なにか断言できる根拠がおありなんでしょうか」

「根拠というか、ドイルの人となりを知れば、おのずから見えてくる。ドイルがシャーロック・ホームズを嫌ってたのは知ってるだろう？」

「はい……。本当は歴史作家として評価されたかったのに、生活のため引き受けた大衆小説のホームズもののほうが圧倒的人気で、嫌気がさしたんですよね。それで『最後の事件』で、ホームズを滝壺《たきつぼ》に落とし、死んでしまったことに……」

「ドイルは医学者だったが、世のあらゆる分野に精通しているわけじゃなかった。ミステリを書くにあたり、読者からしょっちゅうミスを指摘されてた。ドイルは気にしていないふりをしていたが、やはりしんどかったんだろうな。自分の知性の限界を暴かれるかのようで」

「知性の限界……ですか？」

「考えてもみなさい。妖精《ようせい》が写った心霊写真という、バレバレの捏造《ねつぞう》を信じてしまった御仁だ。知識人だとうぬぼれた挙げ句、じつはだまされやすさを露呈しとる」

　医学者のはずのドイルは心霊研究に没頭し、超常現象の肯定派になった。少女とともにティンカーベルのような妖精が写った写真についても、本物だと大々的に公言してしまった。しかし少女らが晩年語ったところによれば、本に載っていた妖精の絵を写しとり、切り抜いてピンで立てたにすぎなかった。子供の単純なトリックに、シャーロック・ホームズの生みの親がだまされた。むしろそちらのほうが歴史に刻まれた。妖精の写真は、最多の人々を最長の期間だましおおせたトリック画像として、ギネスブックに掲載されることになったからだ。

「でも」李奈はきいた。「当時、霊の存在を信じたことが、即座に非合理とはみなせないんじゃないでしょうか」

「それはいえる。魔法としか思えない科学の発展がめざましい時期だったからな。しかし私はドイルともあろうものが、本気であのインチキっぽい写真を信じていたとは、どうにも思えんでな」

「……偽物だと見抜いていたというんですか」

「ああ」田中は舞台上をうろつきながら応じた。「ドイルが心霊を含む超常現象を信じていたのは本当だ。だがあんな眉唾《まゆつば》ものの写真、誰がどう見たって嘘くさいだろう。彼は心霊についての講演で忙しく、その合間に写真を見せられただけだが、話題性を敏感に嗅《か》ぎとったのだろうな。ほかの被写体にくらべ、少女の画像が人気なのは、現代の日本だってそうだろう」

「本物とは信じがたいけれども、超常現象への人々の関心を高めるためにも、写真を肯定すべきと考えたってことでしょうか」

「そう。著名なドイル氏のお墨付きなら話題になる。写真の真偽などどうせはっきりしないから、肯定しておけば大衆の興味を超常現象に向けさせられる。そんな計算がドイルにあったんだと思う」

「なんだか悪知恵の働く人みたいにきこえますが」

「小説家だからな。フィクションを綴《つづ》る物書きには、大なり小なり嘘つきの側面があるだろう。ちがうかね」

自分がそうだとは思いたくない。李奈は浮かない気分で否定した。「フィクションの創作と、嘘を口にするのとはちがうと思います」

「きみみたいに立派な人格者はそうかもしれんな。しかしピルトダウン人の疑惑はどうだね？　ドイルは疑惑を持たれてる」

これまた有名な話だ。アマチュア考古学者のチャールズ・ドーソンが、ピルトダウンから発見された頭骨を大英博物館に持ちこんだ。形状が猿と人間の中間期とみられ、イギリスが人類発祥の地である証明にもなりえた。ドイルはこれをも本物だと喧伝した。ところがドイルの死後二十三年、オランウータンの下顎《したあご》の骨などに加工を加えただけの捏造と発覚。

田中は演説台に寄りかかった。「ドーソンはドイルの知人だった。しかも骨の発見現場はドイルの散歩コース。ドイルがピルトダウンの地理に詳しいことは『失われた世界』からも読みとれるし、医学鑑定の知識も有するから、もっともらしい頭骨の加工もお手のものだった」

「ドイルが捏造犯だとお思いですか？」

「彼は熱心な愛国者だった。非常に保守的で、ボーア戦争では軍医に志願している。大英帝国が非難を浴びると全力で擁護し、女王からサーの称号をあたえられた。第一次大戦でも戦争支持を表明しとった。選挙にも二度出馬したしな。どっちも落選したが」

「愛国心ゆえに、人類発祥の地がイギリスだと証明するためなら、化石の捏造にも抵抗がなかったとおっしゃるんですか」

「そうだとも。愛国保守のベストセラー作家で、婦人参政権には断固反対。前衛芸術も大嫌い。貧困家庭に育ち、いちおう医師にはなったものの、無資格で眼科医を開業した過去を持つ。聖人君子や賢人にはほど遠い」

「田中さんはドイルをあまりお好きではないんですか……?」

「とんでもない!」田中が声高に否定した。「ドイルのそうした性格は、当時のイギリスの中高年男性にとって、かなり普遍的なものだったと思う。愛すべき頑固親父として、私は親しみを感じとるんだ」

たしかに田中昂然はドイルと共通項が多い。憲法九条改正に絶対支持を表明しているし、周辺国を見下すような発言をして物議を醸したりもしている。保守系の政治団体の発起人にも名を連ねる。反面そそっかしいところがあり、勘ちがいから人を批判したうえ、過ちをすなおに認めたがらないと報じられもした。ドイルも当時から妖精の写真について非難されたが、本人は頑《かたく》なに意見を曲げなかった。

日本の中高年男性に田中昂然のファンが多いのも、そのわがままぶりが共感を得ているからか。少々嘆かわしく感じたものの、李奈は苦言を呈する立場にない。

そろそろ核心に迫るべき頃合いだ。李奈は田中にたずねた。「『バスカヴィル家の犬』がロビンソン作だとお考えですよね? なぜですか」

「さっきもいったようにドイルはホームズを嫌っとった。いちど殺してしまったほどにな。彼にとっては商売にすぎなかったわけだ。だが出版社からはホームズの復活を執拗《しつよう》に要請されていた。さらに彼の妻が重病に倒れ、余命幾ばくもないと診断されてしまった。金が必要だったんだ」

「でもロビンソン作の小説を、ホームズものに書き換えるなんて、そんな判断に至るでしょうか」

「細かい経緯は諸説ある。しかしこれはいわばキャラクタービジネスだ。現代風にいえばライトビジネスでもある。売れそうにない友人ロビンソンの新作に、ホームズというキャラをあてがえば、出版社から多額の金が得られる。印税を何割ずつ分けたかは知らんが、大変な儲《もう》けにつながるチャンスだ、見過ごすはずがない」

「それだけロビンソンの原稿の出来がいいと、ドイルも認めてたってことでしょうか」

「もちろんそうだ。でなきゃ自分の産んだ稀代《きたい》のスター、シャーロック・ホームズを貸しだしたりなどせん」

「でも著者としてはアーサー・コナン・ドイルひとりの名が載ってますよね」

「そりゃ唐突に共著としたら、いかにも原作者から有名キャラを借りて、別の人が書いた本っぽいじゃないか。『バトル・ロワイアルII　鎮魂歌』が、高見広春《たかみこうしゅん》と杉江松《すぎえまつ》恋《こい》の連名になっとる時点で、どんな本なのか察しがつくだろう。それと同じだ」

「ロビンソンは納得したでしょうか」

「金の力でねじ伏せたんだろうな。私も若いころ、ある有名女優が手がけた初のミステリ小説について、ゴーストライターを務めたことがある。なんのことはない、九割がた完成していた私の作品を、その子の名前でださせてやっただけだよ。昭和の世でありえたんだから、百二十三年前のイギリスならもっとあっただろ」

ドイルにホームズへの愛情がなく、おそらく金蔓《かねづる》としかみなしていなかったこと。極端な愛国心ゆえに判断を曇らせがちで、ピルトダウン人の頭骨を捏造《ねつぞう》した疑惑があること。いかにも嘘っぽい妖精《ようせい》の写真を、超常現象の啓蒙《けいもう》のため本物と主張したであろうこと。田中が『バスカヴィル家の犬』ロビンソン作という説を推すのは、だいたいそのあたりが理由らしい。特に根拠といえるほどではなかった。結局のところ田中は、ドイルの研究家であっても、ただ自説を披露したにすぎなかったのだろうか。

田中はいった。「ドイルは当初、病に伏した妻の介護に熱心だった。ところが妻がなかなか亡くならないため、あろうことか不倫に走り、しかも愛人を連れて社交の場に現れたりした。浮気《うわき》が知人にばれそうになると、へたな嘘でごまかそうとしたり、母親にいいわけじみた手紙を送りつけたりしとる。信用できる男かといえばちがう」

「あのう。さきほどドイルには親しみを感じておられると……」

「もちろんそうだとも。私はドイルを卑下してはおらん。作家として、男としての弱さを露呈しとるところに、たまらなく愛着をおぼえるんだ」

「奥様が健康を害してるのに、浮気に走ったこともですか。しかも奥様の死後、ドイルはその愛人と再婚したんですよね」

「いまの価値観でものをいわないでくれるか。このご時世、私もこんなことをコラムに書こうもんなら、SNSで袋叩《ふくろだた》きだろう。だが私にとっては古き良き価値観だ。なにしろ私も保守的で、家父長制の復興を望んどる。少子化解消のためには一夫多妻も悪くないのではないかと……」

李奈は自分がよほど硬い顔をしているのだろうと思った。田中が慌てぎみに言葉を呑《の》みこんだからだ。

気まずい沈黙のなか、田中は咳《せき》ばらいをした。「若い子には軽蔑《けいべつ》されるだけだな。ドイルも墓のなかで、おまえと一緒にするなと罵《ののし》っとるかもしれん。老害の戯言《たわごと》だと聞き流してくれりゃいい」

「『バスカヴィル家の犬』がロビンソン作だとして……。その後の噂はどうですか。ドイルが化石の捏造どころでない犯罪に手を染めたという……」

「犯罪?」田中は眉《まゆ》をひそめ李奈を見つめた。やがてふと気づいたように、豪快に笑いながら田中がきいた。「まさかドイルがロビンソンを手にかけたという噂か? いやいや！　さすがにそれはありえんよ」

「でもロジャー・ギャリック＝スティールという作家が、ドイルによるロビンソン殺害説を本に書いてますよね」

「ありゃノンフィクションではあるまい。想像を綴《つづ》っただけだ。ドイルにまんまと完全犯罪をやってのける狡猾《こうかつ》さなんかない。不倫にしろ化石捏造にしろバレバレの不器用さだ。だからこそ愛すべき人物なんだ。彼は医師だぞ？　人の命を奪えるはずなんかない」

「ロビンソンは突然、変死したんですよね。それ以前からドイルは謝辞で、ロビンソンの功績をどんどん軽んじていった経緯がありますし……」

「杉浦さん。きみの類《たぐ》い希《まれ》なる才能により、私を窮地から救ってくれたことには感謝しとる。きみがいなきゃ私は日本小説家協会の懇親会に火を放った疑いで、いまも取り調べを受けとったかもしれん。だが今度ばかりはきみもどうかしとるよ。なんでいまごろドイル殺人犯説なんか持ちだす？　一世紀以上前の話を」

　ロビンソン作とされる原稿が発見され、真贋《しんがん》分析を持ちかけられたからだ。『バスカヴィル家の犬』の原著を紐解《ひもと》くにあたり、まずはドイルの人間性から分析したかった。しかし研究家の田中昂然であっても、文献を通じドイルを知るにすぎない。現代に生きる以上、視点は李奈と大差なかった。

田中は笑いながら豪語した。「もしドイルが殺人を犯したら、たちまち逮捕されると私は思うね。毒蛇をミルクと口笛で手懐《てなず》けられると思ってる時点で、逆に嚙《か》まれて終わりだろう。猿の体液を摂取すれば猿になるという認識もやばい。とにかく天才犯罪者になるためには、知恵が不足しすぎとるよ」

ドイルはあくまでビジネスとして、ロビンソンと取引しただけで、略奪行為などなかった。したがって両者のトラブルに端を発する殺人もない。それが田中の主張だ。考えてみれば一理ある。売れた小説家が新作発表について、そんなふうにドライに割りきることも、性格によってはありうるのかもしれない。

田中の持論は、ロビンソン著『バスカヴィル家の犬』の原稿が発見された事実とも矛盾しない。ホームズという人気キャラクターを用いたライトビジネス。本当にそれだけだったのだろうか。謝辞でドイルがしめした冷たさはどう解釈すればいいのか。裏で契約がこじれたりするようなことはなかったのか。

「しかし」田中が妙なものを見る目を向けてきた。「わざわざ南房総まで来て、どうしてきみはこんな話を……」

あわただしい靴音が駆けこんできた。さっき外の受付にいた男性三人のうちひとりだった。取り乱しているせいか、受付にあった問題用紙の束を抱えこんでいる。客席に立った男性が声を張った。「田中先生、申しわけありません。取材したいという人たちがお越しです」

「なに？」田中は迷惑そうな表情になった。「講演会が終わるまでまつように伝えてくださらんか。いまは謎解きゲームの最中だ。お客さんたちに迷惑がかかる」

「それが、どうしてもいまコメントをうかがいたいとおっしゃって、強引に突破されてしまいまして」

男性の背後から足を踏みいれてきたのは、六、七人ほどの報道関係者だった。マイクを手にしているのはテレビ局のリポーターだろう。動画用カメラを肩に掲げたクルーが同行する。同じ装備のコンビがもうひと組と、あとはICレコーダーを突きだした記者らだった。テレビ局が二組、新聞か雑誌の記者が二、三人。マスコミといってもそれだけでしかない。しかしなんの用だろうか。

リポーターが呼びかけた。「田中昂然先生！　バートラム・フレッチャー・ロビンソン著『バスカヴィル家の犬』の原稿発見を、イギリスの関係者が公表した件について、ぜひ専門家としてひとことを」

「な」田中が目を剝《む》いた。「なんだと!?　原稿が見つかったのか」

記者のひとりがつづけた。「日本では杉浦李奈先生に真偽分析が託されたとあって、一気に話題になっています。そこについてもドイル研究家であられる田中先生の、忌《き》憚《たん》のないご意見をうかがえれば……」

田中が驚きのまなざしを李奈に向けてきた。李奈はひきつった顔を自覚しながらも、舞台上にたたずむしかなかった。

報道関係者らは田中の視線を追い、もうひとりの存在に気づいたようすだった。別の記者が叫んだ。「す、杉浦李奈先生じゃないですか！」

一同はにわかに興奮しだした。口々に怒鳴りながら舞台のほうへ駆け寄ってくる。やばい。李奈は田中に頭をさげると、急ぎ階段を駆け下りた。報道関係者たちが行く手に立ち塞《ふさ》がり、矢継ぎ早に質問を浴びせてくる。杉浦先生はコナン・ドイル作でないとお思いですか。なぜロビンソン作の原稿があるんでしょうか。英国大使館でケンブリッジ大学のマクラグレン教授から直々に依頼があったそうですが、謎は解明できそうですか。

李奈はたじろいだものの、いままでも突撃取材を受けた経験があった。いつしか肝が据わってきている。近くに立つ男性係員から、問題用紙の束をひったくると、記者のひとりに押しつけた。「これをぜんぶ解いたら話をきいて差しあげます。ではみなさま、ごきげんよう」

壇上から田中の笑い声が響くなか、李奈は出入口へと逃走していった。報道関係者らの泡を食ったような声が追いかけてくる。

外にでると、鹿撃ち帽にインバネスコートの人々が、いっせいにこちらを振りかえった。無数の視線が突き刺さる。李奈はそそくさと駆け抜けた。まいった。太宰治《だざいおさむ》の幻の遺書につづき、またも騒動が拡大しそうだ。なんらかの結論を導きださないかぎり、無能の烙印《らくいん》を押されそうで怖い。なぜこんなことに腐心しているのだろう。小説家として大成できるかどうかの瀬戸際なのに。

6

月曜の夜にはKADOKAWAの菊池が、めずらしく料亭でお祝いを開きたいといいだした。李奈が直木賞候補に選ばれ、編集長からも便宜を図るよう指示があったらしい。

まだ祝福される段階にない、李奈はそのように断ろうとしたが、菊池は四、五人なら身内や友達を呼んでもいいといった。料亭の上質な食事をみなにお裾《すそ》分《わ》けできるのなら、受けたほうがいいかもしれない、そう思い直した。

夜七時半、田園調布《でんえんちょうふ》の住宅街は小雨がぱらついていた。民家のなかにひっそり埋もれるように、割烹《かっぽう》料亭〝玲瓏《れいろう》〟の引き戸はあった。

出席者は李奈のほか、那覇優佳と白濱瑠璃、いくらか年上の作家の曽埜《その》田璋《だあきら》。それに李奈の兄、航輝だった。櫻木沙友理は誘ったものの、いま締め切り間近で忙しいという。KADOKAWA側からは菊池ひとりが来た。

編集長や副編はたぶん、受賞者発表の日まで遠慮するにちがいない。当落がはっきりしないうちに不用意なことは口にできないからだ。『十六夜月』がベストセラーになったときには、編集者の知り合いが急増したが、『ニュクスの子供たち、そして私』の直木賞候補をきっかけに、今度はほとんどが疎遠になった。なぜか触らぬ神に祟《たた》りなし的な扱いを受けている。これが候補者の常なのだろうか。

宴《うたげ》の席は座敷だった。畳の上に座布団を敷き、料理が運ばれてくる座卓を囲む。優佳と瑠璃は最初からハイテンションで、ビール一杯の次からはもう日本酒に手をだしていた。卓上に刺身が並ぶころには、早くも赤ら顔でやたら賑《にぎ》やかになっていた。

瑠璃が笑いながらいった。「びっくりしたよ。ワイドショー観てたら、いきなり李奈が映るんだもん。なんか後ろに田中昂然先生が見切れてなかった？」

李奈はウーロン茶だけをすすっていた。「っていうより、最初は田中先生のコメントをとりに押しかけてきたらしいんだけど、偶然わたしがお邪魔してる最中で……。悪いことしちゃったかも」

菊池も酒がまわっているらしく、とろんとした目つきで否定してきた。「全然だいじょうぶ！　田中先生とは電話で話したよ。あの人は杉浦さんにいちもく置いてる」

スマホの着信音が鳴った。李奈はハンドバッグからスマホをとりだした。講談社の担当編集、松下登喜子《まつしたときこ》から電話がかかっている。李奈は応答した。「はい」

「杉浦さん」登喜子の穏やかな声がきこえてきた。「忙しそうだけど、今度の打ち合わせ、こっちへ来れそう？」

「もちろんです。こないだ編集部で打ち合わせしたとおりの時間に」

「お願いね。それと原稿が何ページになりそうか、だいたいでいいから教えてくれないかしら。営業から取次を通じて、書店向けに予価を伝えなきゃいけないらしくて」

初版部数とページ数で予価がきまるからだ。厚い本なら値段も上がる。李奈は言葉を濁した。「まだ書いてる最中なので……」

「わかりしだい教えてね。それじゃ」

通話が終わると、李奈はスマホをハンドバッグに戻した。講談社に敬遠されていないのは幸いだった。

航輝が李奈にきいてきた。「英国大使館から渡された原稿のコピーは？　英語読めないのに苦労してるだろ」

李奈は応じた。「目黒《めぐろ》の国際文学研究協会事務局に、洋書の『バスカヴィル家の犬』初版本があったから、一文ずつじっくり比較してる……。でもほんとにそっくり。ロビンソン著の原稿を、ドイルが九割がた写したといっても、おかしな点がないぐらい」

優佳が日本酒のお猪口《ちょこ》を呷《あお》った。「ホームズやワトソン以外のキャラクターの名前は？　ロビンソン版とちがいはあるの？」

「一部はね」李奈はため息をついた。「バスカヴィルって家名や、ヘンリー卿《きょう》やチャールズ卿は同じ。執事のバリモアもそう。でもステープルトンは、ロビンソン版ではリンジーっていうの。フランクランドもファース」

「なんでそこだけ変えたんだろ？」

「推測だけど、ドイルはホームズものを書くにあたり、長めの人物名を採用したがったの。ヴィンセント・スポールディングとか、ジョン・ヘクター・マクファーレンとか、ロバート・ファーガスンとか。毎月のように短編を書かなきゃいけなかったし、できるだけ早く文字数を稼ぎたいって心理が働いたのかも」

「あー。ロビンソン著の原稿を少しでも長く伸ばせば、ページ数が増えたぶんだけ本の価格が上がり、印税も高くなるだろうし。でもそうすると、やっぱドイルがパクった？」

「まだなんとも……。ドイルが写したようにみせかけるために、あたかも原本のごとく登場人物名を短くした可能性も否定できないし」

瑠璃がほくそ笑んだ。「いまのやりとりのおかげで、わたしも『écriture』十一巻の数ページが稼げそう」

控えめな笑いが沸き起こるなか、菊池がグラスを置いた。「思いだした。那覇さん。『初恋の人は巫女だった12』の原稿、ありゃいったいなんだ。なんで数ページにわたり、同じ文章を何度もコピペしてる？」

「やば」優佳がへらへらと笑った。「コピペっていうか、あれタイムリープしてる場面ですし」

「コピペだろう。前の原稿をそのまま反復して、一部を変えてるだけじゃないか」

「そのほんのささいなちがいが、後々になって影響をおよぼすのを表現してるんです。バタフライ・エフェクトってやつ」

「駄目だぞ。同じ時間が繰りかえされてるのだとしても、文章表現は一字一句新たに書かなきゃ」

「なんで？　ほんの三回だし。まったくおんなじことが起きてると読者に伝えるためにも、同一の文章のほうが……」

「そんなのは詭弁《きべん》だ。楽をしようとしたな？　アニメ化で人気がでて、ほっといても新刊が売れるからといって、手抜きはよくない。レビューが荒れるよ」

「レビューの採点なんかもう見てないですし。実際に読者が喜んでくれてるんだから、少しぐらい実験的な表現もあっていいかと」

ふいに曽埜田が低い声を響かせた。「那覇さん。そういうのは直すべきだよ」

一同がしんと静まりかえった。いままで黙っていた曽埜田が口をきいた。なんとなく緊張がひろがる。さっきからずっとひとりだけ笑わない。曽埜田が機嫌を損ねていないかどうか、李奈もひそかに気になっていた。

優佳が冗談めかした。「なんだ、曽埜田さん。いたの？」

好ましい軽口ではない。李奈はひやりとした。瑠璃と菊池も表情をこわばらせた。

優佳も気まずさを感じたのか、素知らぬ顔でお猪口を傾けるものの、どうも動作がぎこちない。

曽埜田が優佳を見つめた。「僕になにかいいたいことが？」

「はあ？」優佳は視線を逸《そ》らしたままだった。「ないですよ。べつに」

「そうやって見下してりゃいいよ。おごれる者久しからずっていうだろ」

酒がまわっているせいか、優佳はかちんときたようすで、横目に曽埜田を睨《にら》んだ。

「誰がおごってるって？」

李奈のなかに動揺が生じた。ふたりの仲がこのところ芳しくないのは知っている。菊池が無理やり笑顔を取り繕った。「おふたりとも、そんな深刻な顔はやめて、とにかくきょうは飲もう」

曽埜田が毒づいた。「アニメなんて他人の著作物だろ。そっちの人気がでたからって、小説が評価されたわけじゃない」

優佳が態度を硬化させた。「いまなんて？」

「べつに」

「アニメ化されてない作家先生の愚痴なんてね」

すると曽埜田はグラスを卓上に叩《たた》きつけ、無言で立ちあがった。優佳に一瞥《いちべつ》もくれず、座敷の外にでると靴を履き、さっさと立ち去った。

李奈は困惑を深めた。「優佳……」

ところが優佳はふてくされたように徳利を傾けた。徳利が空になったらしく、優佳が菊池にきいた。「もう一本頼んでいいですか」

菊池も戸惑いのいろをしめした。「いいけど……。那覇さん。ちょっと飲み過ぎじゃないか」

「はん」優佳は足を崩しながら、急に悪態をつきだした。「売れてないうちは、提出したプロットをことごとく却下しやがってよ」

「おい」菊池が眉《まゆ》をひそめた。「いまのは僕にいったのか?」

優佳は菊池とも目を合わせなくなった。「ちがいます。プロットを却下するのは編集長でしょ」

瑠璃がぶっきらぼうにたずねた。「那覇さん、いまのも書いていい?」

「お金くれるなら」

ふたりはさして面白くもなさそうに笑った。酒の席の無礼講が度を過ぎたのか、険悪な空気がひろがりつつある。

なにより飛びだしていった曽埜田が気になった。李奈はハンドバッグを肩にかけ、ひとり腰を浮かせた。「ちょっと失礼」

優佳と瑠璃、菊池はそれぞれ李奈を見上げた。いま席を外されては困る、三人ともそう無言でうったえているように思える。

兄の航輝は立ちあがり、李奈に近づいてきた。「俺も一緒に行こうか」

李奈は靴を履きながらささやいた。「お兄ちゃんはここに残って、みんなをなだめてほしい」

「そんなこといわれても」航輝も小声でかえした。「出版事情とかには疎くて」

「だからいいの。もっと人間の本質論とか、一般論とかで説得してよ」

「一般論って？　みんなで仲よく歌おうとか？」

「料亭だから歌っちゃ迷惑でしょ。いいからなんとかして」

返事をまたず李奈は駆けだした。店内を突っ切り、エントランスの引き戸を開けると、暗い路地へとでた。

店は看板がわずかに照らされるのみで、住宅街の全体を闇が覆っている。辺りは静寂に包まれていた。小雨はなおも降りしきる。そんな路地の先に曽埜田の後ろ姿があった。アルコールのせいか、足どりが多少おぼつかない。

李奈は追いかけた。「曽埜田さん」

曽埜田が立ちどまった。ぼんやりした顔で振りかえる。

「ああ」曽埜田がつぶやいた。「杉浦さん。いうタイミングがなかったけど、直木賞候補おめでとう」

「ありがとうございます……。曽埜田さんのような先輩と知り合えたおかげです」

「やめてくれないか、そういうのは」

「……なにがですか」

「嫌みだよ。僕はエンタメ小説しか書いてない」

「わたしもエンタメから始まったんです」

「だから」曽埜田がじれったそうな声を発した。「きみは半端ない読書家じゃないか。僕なんかから学びとれることがあるはずない」

吐き捨てるようにそういうと、曽埜田はまた歩きだした。なにもいわずただこの場から去ろうとする。

李奈は胸が締めつけられる気がした。ただちに歩を早め、曽埜田を追い越すと、行く手に立ち塞《ふさ》がった。

「いいえ！」李奈は曽埜田を見つめた。「わたしはあなたから多くを学びました」

「くどいな」曽埜田がうんざりした表情になった。「いったいなにを学んだっていうんだよ」

「具体的にですか？『謎解き主義者マキの禅問答』二巻、〝空が泣いていた。一陣の風になり、舞い散る薔薇《ばら》の花びらを追った〟。ふつうわかりにくいとされる修辞法の多用だけでも、状況を伝える技術的工夫を知りました」

「そんなちっぽけなこと……」

「まだあります!」李奈は早口にまくしたてた。「困難とされる幼児の内面描写について、『勿忘草』では大人びた固有名詞や形容詞を、ひらがなを多用することで違和感なく表現してます。これは画期的な発明でした。ほかにも段落頭の主語を揃えると、へたな文章と捉《とら》えられがちだったところを、何度も反復することで日常感を醸しだしましたよね」

路地で声を張っていたせいか、近所の雨戸が開く音がした。曽埜田は怖《お》じ気《け》づいたらしく、うろたえぎみにささやいてきた。「杉浦さん。もうちょっと声を小さく……」

だが李奈はとまらなかった。曽埜田に自身を過小評価してほしくない。涙が滲《にじ》んでくるのを自覚しつつ、李奈は思いつくまま例を挙げ連ねた。「文章から読みとれることだけでなく、曽埜田さんの生き方も勉強になります。本を手でいじりながらプロットを練るでしょう。ああすればたしかに各章の分量について、指先の触覚と連動して構想できるんです。味覚や食感を的確に文章表現できるまで、何度も同じものを口にするという方法論も教えてくれましたよね。わたしは曽埜田さんから多くを学んだんです！」

すっかり腰が引けたように、曽埜田は両手で李奈を制してきた。「わかった、もうわかった。杉浦さん……。まったく、きみにはかなわないな」

「わたしにとって曽埜田さんは素晴らしい先駆者であり、心の師なんです」

「ほかにも多くの作家がそうだろ？」

「そのなかでも重要なおひとりです」李奈は涙ぐんでいた。「だから自暴自棄になんかならないでください」

曽埜田は深いため息をついた。「悪かった……。心配をかけちゃったね。どうも最近、那覇さんと合わなくて」

李奈も冷静になってきた。自然に視線が落ちる。「優佳が舞いあがってしまうのも仕方ないことなんです。売れない日々の辛《つら》さからくるストレスが半端ないから、大きな成功をおさめたいまは、タガが外れたように……」

「僕はそのストレスを、まだ毎日味わってるよ」

「わたしたちは同じ立場でもがいてるんです。大手の出版社から本をだしてもらえるなんて、何度経験したって慣れることじゃありません。いつも読者に受けいれられるだろうかと不安ばかり抱えてます。次にでる本がどうなるかわからない。心細くても自分という作家は、自分ひとりだけです」

　霧のような雨が音もなく降りかかる。曽埜田が穏やかな表情できいた。「僕がきみに追いつけるまで何十年かかるかな」

「すぐですよ」李奈は指先で涙をそっと拭《ぬぐ》った。「曽埜田さんの小説はわたしよりずっと優れてます。あとは曽埜田さんの作風を待ち望んでる大勢の読書家と、うまくめぐりあうまで、ほんのわずかな時間を要するだけです」

「きみがいうと説得力があるね……」曽埜田の目に安堵《あんど》のいろが漂いだした。「でもありがとう。おかげでまた挑戦してみようって気になった」

　李奈はようやく笑えた。「そうですよ。新作の執筆は挑戦です。小説家になった以上、ずっと挑戦がつづくんです」

　曽埜田が店のほうに向き直った。「戻るべきかな」

「戻りましょう」

「那覇さんに煙たがられるかも」

「いいえ。優佳もわかってるはずです。誰でも行き過ぎに気づかされるときがありますよ」

「そうだね……」曽埜田が首をすぼめた。「あまり長いこと雨にあたってるとスーツが縮む」

「わたしもですよ。この服、ビスコースなんです。早く戻りましょう」

ふたりで笑いあいながら店へひきかえす。李奈は内心ほっとしていた。いまごろ兄が優佳をうまく説き伏せているのを祈るのみだ。

そのとき背後に奇妙な唸《うな》り声をきいた。「ウー……」

李奈はびくっとし立ちどまった。曽埜田も目を泳がせつつ静止していた。

なにかが後ろにいる。せわしない息づかいがきこえる。気配はすぐ近くに感じられた。

緊張の面持ちの曽埜田が振りかえる。李奈も曽埜田に倣い、後方に目を向けた。

対象物を探す必要はなかった。暗がりのなかに、牛のように巨大な四足動物の姿が、黒々と浮かんでいる。獰猛《どうもう》で俊敏そうな犬だった。ふたつの眼球が光を帯び、不気味に輝く。半開きにした口から鋭い牙《きば》がのぞいていた。

そんな、まさか。李奈は鳥肌が立つほどの恐怖にとらわれた。これはまさしくバスカヴィルの魔犬では……。

巨体は路上数メートルの距離にあった。だしぬけに魔犬はけたたましく大声で吠《ほ》えだした。李奈の肝が冷えきるほどの勢いで、ワンワンワンワンワン！　と絶え間なく吠えつづける。

曽埜田は怯《おび》えたようすながら、必死に片足を蹴《け》るように繰りだし、魔犬を威嚇した。李奈をかばいつつ曽埜田は怒鳴った。「しっ、あっち行け！　杉浦さん、いまのうちに逃げて」

だが李奈は曽埜田の背にすがりついた。「そんなの無理。曽埜田さん、一緒に逃げよ」

魔犬はなおも吠えていたが、ふいに黙りこくると、いきなり突進してきた。

「うわー！」曽埜田がわめいた。

李奈も悲鳴をあげていた。曽埜田とともに身を翻し、店があるほうへと逃走した。だが魔犬がすぐ背後に迫っている気がしてならない。ふたりは店の前を通過し、なおも全力疾走しつづけた。

信号のない十字路に差しかかった。そこをセダンが折れてきて、李奈たちの行く手を塞いでしまった。まばゆいヘッドライトと向かい合っても、李奈は立ちどまる気になれなかった。ボンネットの上に飛び乗ってでも魔犬から逃れたい、死にものぐるいにそう思った。

だがクラクションが短く鳴り響いた。ドライバーにしてみれば、まっすぐ駆けてくる男女ふたりに、ただ慄然《りつぜん》としたのかもしれない。その音に李奈はびくつき立ちすくんだ。曽埜田も同様だった。魔犬が追ってきている。ヘッドライトが路地を照らす以上、ドライバーの目にも映るはずだ。

そう思いながら振りかえった。ところが路地はひっそりと静まりかえっていた。犬の姿はどこにもない。

李奈はしばし茫然《ぼうぜん》とたたずんだ。思わず曽埜田と顔を見合わせる。曽埜田はひきつった表情で李奈を凝視していたものの、やがて黒目が上まぶたに隠れていき、完全に白目を剝《む》いた。くずおれるように曽埜田は路面に倒れこんだ。

「そ、曽埜田さん!」李奈はあわててひざまずいた。

曽埜田は脱力しきっている。失神したようだ。

クルマのドアが開く音がした。ドライバーの男性が呼びかけてくる。「どうしたんですか」

身体の震えがとまらない。李奈はその場にへたりこんでしまった。魔犬の消えた路地を眺める。たしかにいた。巨大な四足動物と向き合った。襲いかかろうとしてきた。いまのはいったいなんだろう。ここは大田《おおた》区の田園調布だ。バスカヴィル家の祟《たた》りなんてありえないのに。なによりあれは小説ではないか。

7

夜が白々と明け始めたとき、ひと晩降りつづいた雨はやんでいた。割烹《かっぽう》料亭〝玲瓏〟はとっくに閉店しているが、その前の路地を、大型犬のドーベルマンが鼻をひくつかせながらうろつく。

とはいえドーベルマンの首輪にはリードがつながれている。リードを手にするのは、青い制服の鑑識課員だった。警察犬が手がかりを求め、路上をまんべんなく嗅《か》ぎまわるのに、鑑識課員もつきあう。

ドーベルマンは一頭ではなかった。そこかしこに数頭、それぞれ鑑識課員がリードを引く。路地には規制線が張られてはいないものの、警察車両が縦列駐車していた。

李奈は早朝の寒さに震えながらも近くに立ち、警察犬による捜索を見守った。わきに優佳もいる。優佳はひどく眠そうだった。李奈のほうはいまだ恐怖が冷めやらず、目が冴《さ》えて仕方がない。マンションの自室に帰ってベッドに入るときが来るのが怖い。悪夢にうなされそうだ。

スーツを着た四十代ぐらいの男性が歩み寄ってきた。田園調布署の徳村《とくむら》という刑事だった。徳村は浮かない顔で告げてきた。「駄目ですね。それらしいにおいはないようです」

「雨のせいでしょうか」李奈はきいた。

「それも考えられなくはないですが」徳村刑事は頭に手をやった。「自治会長さんにもきいたんですけどね、この辺りはペットにうるさくて、大型犬の放し飼いなんてとてもありえないと」

においがないのは、そもそもそんな犬がいなかったせいだと、徳村はいいたげだった。心外だと李奈は思った。「夢や幻じゃないです。たしかに牛みたいに大きな犬でした」

「牛みたい……にね。その警察犬より大きかったですか？」

「はい。それはもう、道幅を塞《ふさ》ぐほどに」

「ドーベルマンでしたか」

「いえ。マスティフとブラッドハウンドの雑種っぽかったです」

「ほう？　暗がりでもそこまでわかったんですか」

「はい……」

「ええと」徳村は手帳にペンを走らせた。「マスティフというのはブルドッグみたいな顔の大型犬ですね。ブラッドハウンドなら外国で警察犬にも採用されてますよ」

「そう。それです」

「杉浦先生。猛獣みたいに身の毛もよだつ恐ろしさだったとおっしゃったじゃないですか。ブラッドハウンドといえば、とろんとした目で両頰が垂れてて、おとなしいおじいさんみたいな見た目ですよ」

「マスティフと交ざるとかなり怖い顔になるんです」

「それらの雑種だと一見してわかったのはなぜですか」

「『バスカヴィル家の犬』に登場する魔犬がその掛け合わせなので……。実際のところ、顔全体の輪郭はマスティフっぽくて、目とか鼻とかはブラッドハウンドっぽかったです」

「じゃあんまり怖くはありませんね」

「怖いですよ。大きさが牛ですから。そりゃ夜光怪獣じゃなかったですけど……」

「夜光怪獣？　ウルトラマンとかにでてくる奴みたいな？」

　李奈は口をつぐんだ。『夜光怪獣』はポプラ社刊行の児童文学版『バスカヴィル家の犬』、いわゆる山中峯太郎《やまなかみねたろう》ホームズ版の改題だ。『バスカヴィル家の犬』の作中でも、魔犬は緑いろの火を吐くとの設定のため、そんな題名をつけたらしい。しかし読書家でもない刑事にはわけがわからなかっただろう。

徳村が苦笑した。「ゆうべはお酒をかなり召しあがったんでしょう?」

「わたしは飲んでません」李奈は不満を募らせた。「信じていただけないんですね」

「いいえ、そういうわけでは……。本庁の佐々木《ささき》や山崎《やまざき》が、杉浦先生が見たというからには事実にちがいないと、私どもに調査を要請してきたのですしね。ただ……」

しばし沈黙があった。徳村の目は李奈の背後に向けられた。李奈は振りかえった。どこから情報を得たのか、路地には数人の報道関係者が姿を見せている。制服警官に阻まれ、こちらに来られずにいるものの、一刻も早く李奈にマイクを向けたくてうずうずしているようだ。

徳村刑事が冷やかにいった。「私は本当だと信じたいですが、世間はあなたが関心を引きたかっただけではと受けとるかも」

優佳が徳村に食ってかかった。「それはどういう意味ですか。李奈が嘘をついてるとでも?」

「そんなふうにはいってません」徳村は平然とした態度を保った。「ただし杉浦先生は、さっきもおっしゃってましたが、ええと『バスカヴィル家の犬』でしたっけ。原稿の真贋《しんがん》を調べてる最中だと報道があった直後に、巨大な犬にでくわすなんて……」

「いかにも小説家っぽい空想」優佳は言葉尻《ことばじり》をひったくった。「もしくは小説のネタそのもの。そうおっしゃるんですか」

「世間がそんなふうに揶揄《やゆ》するかもしれないと、私は心配してるんですよ」

「いまさら李奈が売名行為に走るとお思いですか」

「さあ……。私はニュースの詳細をよく知りませんし、杉浦先生が大きな犬に出会った場合、なんらかの商業的な成功を呼ぶものなのかどうか、まったく存じあげません。ただネットには無責任な発言があふれかえったりしますからね。この件が吹聴されれば、杉浦先生にとっておおいにマイナスではないかと」

李奈は憂鬱《ゆううつ》な気分でささやいた。「よくわかりました。お気遣いをどうも」

そのひとことは、これ以上の捜索が必要ないという意思表示に受けとられたのかもしれない。徳村はうなずくと踵《きびす》をかえし、鑑識課員のひとりに近づいた。なにやらぼそぼそと話しかける。すると鑑識課員は撤収しだした。徳村は鑑識課員らに次々と、仕事を切りあげるよう呼びかけている。

優佳が小声で李奈にいった。「いけ好かない奴だよね」

「本気にしないのはしょうがないかも……。わたしだって自分の見たものが信じられないんだし」

「曽埜田さんは？　救急車に乗ったときには、もう意識を回復してたんでしょ」

「一時的に自律神経のバランスが崩れただけで、そんなに深刻な状況じゃないって。たぶん警察に証言はできると思う」

「ふうん……」

「あのさ、優佳」李奈はためらいがちに告げた。「曽埜田さんはね、わたしを魔犬からかばってくれたの」

「……魔犬じゃなくて、ただの大きな犬でしょ。放し飼いの」

「そう。たぶんそうだと思うけど、とにかく曽埜田さんは、身を挺《てい》してわたしを逃がそうとした」

「身を挺したって？　気絶して病院へ運ばれたのに？」

「結局は一緒に逃げたから……。でもほんの一時的ではあっても、曽埜田さんがしめした勇気は本物だと思う」

「だからなに？」優佳が訝《いぶか》しそうにきいた。「男らしいところがあるから見直せって？」

「そうじゃないけど、あの人は年上だし、あまりからかったりしちゃ気の毒でしょ」

「んー」優佳は頭を掻《か》きむしった。「李奈のいうことはわかるけどさ。ちょっと話ができすぎてない？」

「どんなところが？」

「ふたりきり外にでてて、牛みたいにでかい犬を見たのもふたりだけ。そこで曽埜田さんが勇敢にも李奈をかばったって……。こんな言い方しちゃ悪いけど、わたしへの当てつけかなにか？」

「そんなことない」

「だよね。あまりにも嘘くさいもん。作り話でわたしを改心させたいのなら、もっと説得力あるストーリーを考えつくでしょ。李奈は直木賞候補なんだし」

「信じてよ、優佳」李奈は切実にうったえた。「ほんとに見たんだってば」

優佳は苦笑ぎみに微笑した。「もちろん信じるって。だけどさー……」

鑑識課員らの姿が路上から消えだした。警察車両が一台また一台と発進していく。優佳がそれらを見送った。そのまなざしに当惑のいろがのぞく。

友達の心が離れていくのに気づかされるのは、たまらなく寂しい。いまこの瞬間だけにとどまることかどうかもわからない。だが少なくとも優佳の気持ちは理解できた。巨大な犬を目にしなかった優佳にしてみれば、すべては突拍子もない絵空事でしかない。李奈が疲れのせいで幻を見たか、あるいは曽埜田がクルマに轢《ひ》かれかけ失神したのに乗じ、彼の武勇伝をでっちあげようとしたか。そのあたりを疑っているのではなかろうか。優佳は李奈を嘘つきだと思いたがってはいない。だからこそ戸惑いの表情を浮かべている。

菊池も心配はしめしたものの、早めに帰ったほうがいいと言い残し、とっくにタクシーで去ってしまった。兄の航輝は最後まで李奈と一緒に帰りたがっていた。けれども李奈が警視庁に相談の電話をいれると、航輝も半ばあきれるように立ち去った。優佳にしろ菊池にしろ航輝にしろ、李奈が妙なことをいいだした、それだけの認識でしかない。放し飼いの犬か野良犬がうろついた可能性は否定しきれずとも、みな酒が入っていたこともあり、さほど深刻にとらえているように思えない。李奈がシラフだったことも、誰もが忘れてしまったようだ。

「ごめんね」李奈は優佳にいった。「朝までつきあわせちゃって……。そろそろ帰らなきゃ」

「李奈……」優佳が気遣わしげにたずねてきた。「ほんとにだいじょうぶ?」

そのひとことが憶測の裏付けになった。やはり優佳は李奈の正気を疑っている。論理的な判断だと李奈は思った。この仕事をしていると、小説家の精神疾患については、実際よく耳にする。

警察車両が続々と走り去るうち、制服警官による警備も終わったらしく、あわただしい靴音が接近してくる。李奈が振りかえると、報道関係者が駆けつけようとしていた。

「やばい」優佳がうながした。「行こ。李奈」

李奈は優佳とともに走りだした。悪いことをしていないのに、またしても追われる身だった。いくつか角を折れると幹線道路にでた。客待ちのタクシーが歩道に寄せている。早く乗って、と優佳がいった。

自動的に開いた後部ドアの奥に、李奈は半ば押しこまれるように乗りこんだ。優佳は一緒に乗らなかった。ドライバーに行き先をきかれ、李奈は阿佐谷と答えた。発進したタクシーの車内から後方を振りかえると、歩道に優佳が立っていた。ようやく追いついた報道関係者らが優佳になにか問いかける。優佳はしらけた顔で手を振り、さっさと立ち去った。

孤独感がこみあげてくる。直木賞候補を祝ってはくれても、優佳の内心にはやはり葛藤《かっとう》があるのかもしれない。作家は個人事業主、各々みなひとり。李奈は胸のうちにこみあげる寂寥《せきりょう》感を拒みえなかった。嘆きに似たため息が漏れる。小説家として世に認められる代償がこれなのか。

8

李奈は昼間、うとうとと眠りつづけた。窓の外が明るいうちのほうが、怖さがぶりかえさず寝ていられる。昼夜が逆転してもかまわない。小説家にはありがちな日常だし、週一のローソンでのバイトも深夜のシフトだ。

日没を迎えると李奈はでかけた。赴いた先は目黒区の住宅街、庭付き鉄筋コンクリート造の平屋建てだった。いくつかの公益法人が入っていて、うちひとつが国際文学研究協会事務局になる。書架と資料室、会議室の三部屋がそれにあたる。

ここは例の『シンデレラはどこに』事件で初めて訪問した。あのときと同じく、きょうも理事会から六十代の婦人が出向いてきている。聖アリアラス学園高等学校の校長、美和《みわ》夕子《ゆうこ》事務局長が鍵《かぎ》を開けてくれた。ほかには誰もいない。李奈は『バスカヴィル家の犬』の初版本や、ドイルの伝記などをテーブルに積みあげ、ロビンソンの原稿との比較検証を始めた。

夕子が歩み寄ってきた。「進展はどう？」

「頭が痛いです」李奈は微笑とともに応じた。「ゆうべは妙なこともあったので」

「そう。どんな？」

「いえ……。たいしたことじゃありません」思わず言葉を濁した。ここでも正気を疑われるような状況に陥りたくない。

テーブルの近くに立った夕子が、一連の資料を見下ろした。「百二十三年前の小説を、ドイルかロビンソンのどちらが書いたか……。難しい問題よね」

「まったくです」李奈はふと重要なことを思いだした。「あ、そうだ。文学テキストマイニングでの分析、今回も手配していただきまして、本当にありがとうございました」

「いいのよ。残念ながら芳しい成果は得られなかったみたいだけど」

「そこは……。ドイルとロビンソンの文体には似通ったところがあったようです。もともとドイルのシャーロック・ホームズものの影響を受けて、ロビンソンがアディントン・ピース警部ものを書いてますから……」

「『バスカヴィル家の犬』一作のみについて、どちらが書いたかはＡＩでも判定しかねるわけね」

「ドイルのほかのホームズものとは、かなり雰囲気の異なる物語だと思います。でもロビンソンの小説とも、そんなに確たる共通項がみいだせなかったらしくて」

「そのロビンソンの原稿、うちのほうでもコピーをもとに翻訳を進めてるけど……。著者とされるロビンソンの人となりは調べた？」

李奈は洋書の一冊をとりあげた。伝記本をスキャンし、OCR処理でテキスト化したうえで、AIによる自動翻訳に頼っている。英文を読みこなせない能力のなさを恥じるしかない。ページを繰りながら李奈はささやいた。「文武両道の秀才だったんですね。バートラム・フレッチャー・ロビンソン。一八七〇年八月二十二日生まれ。叔《お》父《じ》はデイリー・ニューズの編集長」

「フレッチャー・ロビンソン自身も幅広く活躍してたのね。自由党の党員だったんでしょう？」

「はい。芸術や法律分野での修士号や学士号を授与され、スポーツマンとしてはラグビーフットボールやレガッタで優勝してます。法廷弁護士の資格を得る一方、小説家として作品を次々に発表し、そちらを本業にしました。結婚は三十一歳のころ。お相手は二十二歳のグラディス・ヒルモリスという、自称女優だとか」

「やがて十一歳年上のコナン・ドイルと知人どうしになったのよね」

「ケープタウン発サウサンプトン行の旅客船に同乗し、友情を深めたのが一九〇〇年のころ。翌年ロビンソンは、ダートムア地方と魔犬の伝説についてドイルに語ったとされます」

「ドイルはロビンソンから伝説をきいただけなのかしら」

「ええ。ドイル自身が謝辞でそう主張してるので、それが正史になったようですけど……。さまざまな説があります。ロビンソンは『バスカヴィル家の犬』の本筋まで発案していたとか、あるいは実際に原稿を書いていたとか……。くだんの原稿とおぼしき物が、こうして発見されて、いまや世界を巻きこむ大騒動です」

「ロビンソンが少なくともアイディアやヒントを提供したのは、『バスカヴィル家の犬』一作きり？」

「ほかにもいろいろ共作について話し合ったようですが、実現には至りませんでした。でもホームズものの短編『ノーウッドの建築業者』のアイディアも、ロビンソンが提供したって噂が」

　夕子が腕組みをした。「『ノーウッドの建築業者』は、伝奇や伝説を題材にした物語じゃないわよね？　純粋に失踪《しっそう》事件をめぐるミステリでしょ？　噂どおりならロビンソンからドイルへ、推理小説のアイディアが譲られたことはあったわけね」

　そうなる。物語の舞台となる地域や、魔犬の伝説について教わっただけというドイルの主張は、いかにもロビンソンが物語づくりに関わっていないといいたげだ。けれども噂が事実なら、ドイルは『ノーウッドの建築業者』で、ミステリのアイディアそのものを、ロビンソンから受けとっている。

李奈は『バスカヴィル家の犬』初版本のページを繰った。「ここにドイルならでは、あるいはロビンソンならではの文章なり、構成なりが見つかれば大躍進なんですけど」

夕子は隣の椅子を引くと腰掛けた。「沼のほとりに出没する魔犬が、ほんとに幽霊の犬でしたって結末だったとしたら、あきらかにドイルが書いたとわかるでしょうね。ドイルはオカルト信奉者だったから」

思わず苦笑が漏れる。李奈は首を横に振った。「それじゃシャーロック・ホームズものになりませんよ」

「そうね」夕子が笑った。「魔犬が人為的なトリックじゃなかったら、愛読者はがっかりでしょうね」

「それにこの時期にはまだドイルも、オカルトにのめりこんではいなかったでしょうし」

「……そうなの？」

「ええ。ドイルが心霊に関する本を読みだしたのは一八八六年ごろ、まだ二十代後半だと伝記にあります。でも同時期、ホームズものの第一作『緋色の研究』を執筆してますよね。まだドイルが現実主義者だったからこそ、論理的なミステリ小説を書いたんでしょう。やがて五十九歳になり、長男をインフルエンザで亡くしてからは、心霊研究に没頭し……」

「変ね」夕子が真顔でつぶやいた。

「……なにがですか？」

「わたしの認識では」夕子は洋書のドイル伝記本を開いた。「ドイルはお子さんを亡くす前から、熱心なオカルト信奉者だった気が……。ほら、やっぱりそうよ。長男が亡くなったのは一九一八年十月。その二年前にも、ドイルは心霊雑誌『ライト』で、死者との交信は真実であると断言してる」

李奈は面食らった。どこかで思いちがいをしていたのだろうか。英文ばかりのページをのぞきこみながら李奈はきいた。「たしかなんですか」

「ええ」夕子がうなずいた。「ドイルは二十代のころからオカルトに興味を持ち、霊の存在を科学的に立証する手段を模索していた……。でも一九一六年の『ライト』誌での声明は、死者との交信を真実だといいきった。つまり証拠がなくても信じているという意思表明。長男が亡くなる二年前の時点で、もうかなり非科学的」

「なぜドイルはそんな心境に……？」

「彼はローマ・カトリック教を捨てた過去がある。結局、代わりに霊魂の存在を信じることに救いを求めた……。その年には第一次大戦でイギリス側にも大勢の死者がでたし、自国民の安らぎのためにも、霊の実在を信じようと呼びかけたのかも。たとえ科学的に証明できなくても」

「するとドイルにとってオカルトは、新たな宗教だったわけですか」李奈は困惑とともに、テーブル上の書籍をあさった。「おかしいなぁ……。わたしには翻訳本しか読めませんが、たしか長男の死をきっかけにドイルがオカルトにめざめたと、どこかに明記してあったはずです。あ、これ……」

新潮文庫、『わが思い出と冒険　コナン・ドイル自伝』延原謙《のぶはらけん》訳、一九六五年刊。李奈は記憶を頼りにページを繰った。探していた一文はすぐに見つかった。「ほら、これです。〝訳者解説〟にこうあります。〝長男のキングズリの死によって彼は心霊術に凝るようになった〟」

夕子は眉《まゆ》をひそめ、原著の『Memories and adventures』を手にとると、真剣な面持ちで文面に目を走らせた。本を閉じ、ゆっくりと立ちあがると、書架へ向かう。翻訳本の棚から白いカバーの本を持ってきた。ふたたび腰掛けると夕子がきいた。「これは読んだ？」

『コナン・ドイル小説全集』三十五巻、笹野《ささの》史隆《ふみたか》訳だった。李奈は答えた。「何冊かは……。十二、十三、十四巻は歴史小説『白衣隊』の上中下巻ですよね。十八巻の『巨大な影』も、ウォータールーの戦いが題材でした」

「三十五巻以降、『わが思い出と冒険』が『回想と冒険』の題で、分割されながら掲載されてるの。読まなかったの？」

「……はい、すみません。『わが思い出と冒険』はいちど読んでますし、これは古書店にもあまり置いてないですし」

「そう。じゃ」夕子が三十七巻を開いた。「ここはどう？　翻訳を読んだおぼえがある？」

CHAPTER IX
PULLING UP THE ANCHOR

It was in these years after my marriage and before leaving Southsea that I planted the first seeds of those psychic studies which were destined to revolutionize my views and to absorb finally all the energies of my life.

李奈は拙い英語力でじっくりと読んでいった。九章の最初の段落にあたるようだ。だが文末まで至らないうちに、李奈は思わず驚きの声をあげた。「〝心霊研究に初めて接したのは、結婚してからサウスシーをでるまでのあいだ〟……?」

「そう」夕子がうなずいた。「結婚してからサウスシーをでるまでといえば、ドイルが二十代半ばから三十代の始めまで。しかもその時点で、ドイルは心霊研究が〝私の見識を大きく変え、一生のすべてを注ぎこむ運命へと導いた〟と書いてる」

混乱が生じた。急に自分の知識が疑わしくなる。李奈はおずおずといった。「そんな……」

ドイルは若いころから、いちおう心霊関係の本を読んでいたものの、本格的に没頭しだしたのは五十九歳、長男の死がきっかけ。すべてその認識のうえでドイルの生涯を解釈し、著書や伝記を読み進めてきた。だが根本的に勘ちがいがあったのか。

夕子が『わが思い出と冒険』を手にとり、ページを繰った。「これを見て。この本ではCHAPTER IXのPULLING UP THE ANCHORが翻訳されてない」

李奈は衝撃を受けた。「ほ、ほんとですか?」

「ほかにもあちこち削除されてるようね……。〝訳者解説〟にある、〝長男のキングズリの死によって彼は心霊術に凝るようになった〃と矛盾する箇所は、ことごとく省かれてる」
「なんでそんなことを……」
「延原謙はドイルやクリスティを日本に紹介したパイオニアだけど、翻訳には多少疑問が残るの」
ああ……。芥川『桃太郎』事件の寸前、中目黒《なかめぐろ》の蔦屋《つたや》書店内にあるスターバックスコーヒーで、優佳と交わした言葉を思いだす。
ドイル著『空き家の冒険』で、老人に化けたホームズがワトソンの書棚を見ていう。〃お見うけするところ、あなたも集めていらっしゃるようですな。『英国の鳥類』『カタラス詩集』『神聖戦争』などあるようですが、みな掘り出しものですな〃
三冊の本がワトソンの書棚にあるのが、新潮文庫版の延原謙訳だった。一方、角川文庫版の駒月雅子訳ではこうなっている。〃あなたも本はお好きでしょう。これなどいかがです？『英国の鳥類』。それから『カトゥルス詩集』に、『聖戦』――どれも掘り出し物ですよ〃
駒月雅子訳では、老人扮装《ふんそう》のホームズが三冊の本を持参し、ワトソンに勧めている。正しいのはこちらだった。あのとき原著の英文とも比較したが、延原のほうは誤訳だったとわかる。

「でも」李奈は『わが思い出と冒険』を指さした。「これは伝記だから正確を期さなきゃなりません。しかも誤訳というレベルじゃないでしょう」

「そうね」夕子が小さくため息をついた。「たぶん延原さんは、シャーロック・ホームズを書いてたころのドイルを、理知的な人物像にしておきたかった……。オカルト信奉者になったのは年老いてから。あくまで息子の死というショッキングなできごとのせいで、やむにやまれぬ心境の変化に至った、そう演出したかったのかも」

「演出って！」李奈は思わず声をうわずらせた。「それじゃ翻訳じゃないでしょう」

「むかしはそんな倫理観だったのよ。昭和までは特に」夕子は李奈に顔を近づけてくると、小声でささやいた。「知ってる？　二見書房はむかし、アメリカのテレビドラマ『刑事コロンボ』の小説版シリーズを売って、大ベストセラーになった」

「ああ、はい。知ってます。最初の新書版がでたころは、一般家庭にビデオも普及していなかった時代だったから、おおいに注目されたそうですね。のちに文庫化して、そちらもロングセラーになったと」

「アメリカでは『コロンボ』の小説はでてなかったの。あれはぜんぶ二見書房が日本人に書かせたノベライゼーション。それも向こうから取り寄せた英語の脚本と、ドラマを録画したビデオを題材にしてね。NHKが放送済みのエピソードは、日本語吹き替え版を観ながら書いてるから、翻訳ですらない」

「ええっ？　だけど著者名が……」

「ウィリアム・リンクとリチャード・レビンソン著。すべてそうなってるけど、そのふたりは番組プロデューサーでしかない。訳者として記載されている日本人が、ノベライゼーションをイチから手がけてる」

「ほんとですか？　小鷹信光《こだかのぶみつ》さんや白石朗《しらいしろう》さん、大久保寛《おおくぼ》さんとか、錚々《そうそう》たる翻訳者が名を連ねてたはずなのに」

「そういう方々のノベライズの腕が光るという意味で、事情を知ってたら興味深い読みどころになるの。ドラマに全然ない場面を追加したり、犯人の名前も舞台も変えたり、トリックも文章でわかりやすいものに差し替えたり……。多くは編集者の指示だったけど」

「それは……初耳でした」

「昭和末期から平成初期にかけてまで、まだそんなビジネスが出版界で継続されてた。当時は悪いことでもなんでもなく、消費者を楽しませたいというサービス精神のなせるわざだったみたい。わたしがいいたいことがわかる？」

「なんですか」

「翻訳本からはなにもわからない。それだけ」

鈍い衝撃音が頭のなかに反響した。翻訳によってニュアンスが変わることはありうる、その点は李奈も理解しているつもりだった。だが想像以上だった。

とりわけ過去の翻訳本は、訳者や編集者の一存により、内容までも改変されている……。そこまでの事実を突きつけられた。李奈がこれまで読んできた海外小説は、果たして本当に読んだといえるのだろうか。そこから導きだされる作家論や作品論も、とうてい正しいとはいえなくなるではないか。

夕子はふっと微笑した。「そんなにショックを受けないで。ドイルの自伝については、こっちの『回想と冒険』を読めばいいんだし……」

そのとき李奈は低い唸《うな》りを耳にした。「ヴゥウウウウ……」

悪寒が走るとはまさにこのことだった。李奈は背筋を伸ばし硬直した。「ひっ」

「……どうかした？」夕子がきいた。

「いまの声。きこえませんでしたか」

「なんの声？」

李奈は固唾《かたず》を呑《の》み、しばし耳をすました。静寂が高い音で響くのみだった。なにもきこえてこない。

「杉浦さん？」夕子が呼びかけてきた。「なんなの？　だいじょうぶ？」

「いえ……。近くに大型犬を飼ってらっしゃるお家《うち》は？」

「大型犬？　さあ、見かけたことはないわね。でも夜になってから犬の散歩にでかける飼い主さんも多いでしょ。この辺りは路地も狭いし、日中は蒸し暑くなるときも増えてきたから」

「そうですね。きっと……」李奈はつぶやいた。犬の散歩という線はありうる。

夕子は『わが思い出と冒険』を閉じ、『コナン・ドイル小説全集』三十七巻を李奈の前に置いた。「とりあえずこれを通読してみたら？　わたしが原著と比較しながら、細かなニュアンスのちがいを紐解《ひもと》いてあげるから」

「ありがとうございます。お力添えいただくばかりで申しわけ……」

ヴォォォォォ。またも唸り声が耳に飛びこんできた。微音だがさっきより明瞭《めいりよう》にきこえた。距離が近づいている。カーテンに覆われた窓の向こう、庭先で響き渡った気がする。

「ほら」李奈は恐れおののきながら夕子を見つめた。「いまのです。きこえたでしょう」

しかし夕子は眉間《みけん》に皺《しわ》を寄せるばかりだった。唸り声は途絶え、ふたたび無音に転じている。とはいえさっきの声は、夕子の耳に入ってもおかしくない、李奈がそう確信するぐらいにははっきり伝わってきた。なのに夕子はきょとんとして見かえした。

李奈は立ちあがりカーテンに駆け寄った。恐怖に足がすくみそうになる。カーテンに伸ばしかけた手も震える。だがためらってばかりはいられない。李奈はカーテンをすばやく開け放った。

暗い庭先が、室内から漏れる窓明かりにより、ぼんやりと照らしだされる。さほど広くはないタイル張りの一帯が隅々まで見てとれる。大型犬どころかチワワ一匹すらいない。

なにもいなかったというのに、昨夜の路上で魔犬とでくわしたときの恐怖が、また蘇《よみがえ》ってきた。李奈は怯《おび》えながら後ずさった。

夕子が心配そうに腰を浮かせた。「杉浦さん……。いったいどうしたっていうの?」

駄目だ。心臓の鼓動が激しくなるばかりだった。息づかいの荒さを自覚できているが、どうにも抑えられない。ここにいれば安全だろうか。わからない。ときおり小説家としての想像力のたくましさを呪いたくなる。いまもあろうことか魔犬がガラスをぶち割り、李奈と夕子に襲いかかるさまを、如実に思い浮かべてしまう。

「す」李奈はテーブルからロビンソンの原稿コピーを掻《か》き集めた。「すみません。わざわざお時間をいただいて恐縮ですが、きょうはもう帰ります。あ、本を書架へ戻さないと」

「いいのよ。わたしがやっておくから。どうせ見回りと戸締まりもしていかなきゃいけないし」

「どうかお気をつけて……。建物の外周は見回らないんですよね？　規則だったとしても、ひと晩ぐらいどうってことないですから、きょうはやめておいてください」

「杉浦さん」夕子の心配そうなまなざしは、きのうの優佳とよく似ていた。「なんだか変よ。もしかして疲れてない？」

だが夕子が語尾を口にするのと同時に、また大型犬の唸り声がきこえてきた。やはり近い。今度はエントランスのすぐ外だったように思える。李奈はもはや総毛立つ思いだったが、夕子はあいかわらずなにも耳にしていないように、ただ不審げな目を向けてくる。

「し、失礼します」李奈は原稿コピーの束を胸に抱え、ハンドバッグにおさめるや駆けだした。

李奈は部屋をでると、非常灯のみが点《つ》いた通路を走り抜け、エントランスへと急いだ。扉を押し開け外へ飛びだす。

夜の闇に包まれたとたん後悔した。巨大な犬が徘徊《はいかい》しているのなら、建物のなかにとどまったほうが安全だ。当たり前の判断がなぜできなかったのか。むろん犬の存在をたしかめたかったからだ。

暗がりに目を凝らした。庭の木々が微風に枝葉を揺らす。かさかさという音だけが、かすかに耳に届いた。犬の唸り声はきこえない。牛のような大型犬は気配すらなかった。

李奈は信じられない気分で、ふらふらと路地にさまよいでた。見える範囲のあちこちに視線を向ける。犬が潜める場所はごく少ない。物陰になにかいるようにも思えない。

やがて靴音が近づいてきた。帰宅中とおぼしき会社員風の男性だった。少なくともひとりきりではなくなった。その男性のすぐ後ろで歩調を合わせ、李奈は立ち去りだした。男性は妙に思ったのか、ちらと振りかえったものの、そのまま歩きつづけた。

またも男性のもとに魔犬が飛びかかる空想が脳裏をよぎる。自分で思い浮かべておきながら怖くなる。小説家のイマジネーションを働かせるのはよせ。李奈はみずからを叱咤《しった》した。

恐怖を遠ざけるために『バスカヴィル家の犬』のなかの一節を、何度となく頭のなかで繰りかえした。情けない話だ。二十一世紀の現代、東京の都心で、百二十三年前の小説に励まされようとしているのだから。

ドイルがどうあれ、小説のなかの一人称、ワトソン博士は現実主義者だった。作中の彼はきっぱりと断じていた。


私自身、犬の遠吠《とおぼ》えに似た声を二度まで耳にした。あれが自然の法則からはずれた、いうなれば超自然のものだとはとうてい信じがたい。だいいち、そんなことはありえないではないか。実体のない犬の亡霊が、いったいどうやって目に見える足跡を残し、あたりの空気に伝わる吠え声を放つというのだ？

9

現実主義者のワトソンは、魔犬という超自然の存在について、信じるに値しないと突っぱねた。もちろんシャーロック・ホームズも同意見だった。ふたりはついに魔犬がトリックであることを暴くに至る。

眠れない夜を明かすうち、李奈の思考はいっそう混乱した。美和夕子のいうとおり、ドイルが二十代後半からオカルトに没頭していたのなら、魔犬の正体を本物の幽霊としてもおかしくないのでは。そんなふうにさえ思えてきた。ドイルはお化けがいると信じているのに、ホームズとワトソンはまったくちがう。むしろエセ超常現象のからくりを暴く立場にある。『バスカヴィル家の犬』のほか、短編の『サセックスの吸血鬼』や『悪魔の足』もそうだ。

霊の存在を広くうったえるオカルト信奉の旗手が、完全な現実主義者たる名探偵の物語など、果たして書くだろうか。自説や持論を創作のテーマに据えたがるのが小説家だ。だとすればホームズがいちども本物の超常現象にでくわさなかったのはおかしい。じつはドイルは『バスカヴィル家の犬』にかぎらず、最初からシャーロック・ホームズものを書いていなかったのでは。……そこまで思考が暴走してしまった。

翌朝、李奈は起床とともに頭を振り、その偏見を遠ざけた。ドイルがホームズものを書いていなければ、とっくに事実が露見している。聖書に次ぐベストセラー、世界じゅうの注目の的たる作品群だ。代筆者がいれば絶対にばれる。

やはり問題は、ドイルのなかでも異色作である『バスカヴィル家の犬』のみ。こちらは以前からバートラム・フレッチャー・ロビンソン作かもしれないという噂があった。ドイルが否定していたため、ファンは当然ながら彼を信じた。しかしロビンソンの署名いり原稿が発見された。

李奈はベッドから抜けだし、デスクに近づいた。あちこちから届いた手紙が、ＫＡＤＯＫＡＷＡの菊池経由で、李奈の手もとに来ていた。全国のシャーロキアンや、コナン・ドイル研究家からの、激励や情報提供が大半を占めている。

ゴシップ雑誌『週刊真相』の記事の切り抜き、もしくはコピーが頻繁に送られてきた。どれも二〇〇一年三月七日号、１２５ページからの〝衝撃！　シャーロック・ホームズ作者コナン・ドイルの盗作と殺人疑惑〟なる記事だった。

人の目を引こうとするばかりの下品なレイアウトやフォントに閉口する。なにより李奈はこの雑誌が嫌いだった。『十六夜月』が売れた直後から、李奈にとって身の覚えのないスキャンダルをでっちあげたのは『週刊真相』だ。聖書絡みの事件は李奈の自作自演だったとか、じつは日本小説家協会懇親会の集団放火殺人の犯人かもしれないとか、突拍子もない嘘を平気で載せる。恋愛沙汰《ざた》も創作されてしまった。『週刊文春』や『週刊新潮』とちがい、コンビニぐらいにしか入荷しないレベルの大衆誌だけに、やりたい放題という印象がある。

しかし情報提供者がみな口を揃えるように、これは日本のマスコミが過去に唯一とりあげた、コナン・ドイルによる盗作説とロビンソン殺害説だった。この件を告発したロジャー・ギャリック=スティールの著書も、日本では南雲堂から『コナン・ドイル殺人事件』の題で出版されている。だがほかの本のドイル史やイギリス史との齟齬《そご》が多く、どうも鵜《う》呑《の》みにできない。翻訳で真実はわからないと痛感させられた以上はなおさらだった。

気は進まないが李奈は『週刊真相』の版元、東京如何社《とうきょういかがじゃ》に電話した。社名からして如何かと思える。杉浦李奈と名乗ると、悪戯《いたずら》ではないかと疑われたが、本人だと先方が理解してからは、執拗《しつよう》に興味をしめされた。李奈は用件のみを伝えた。午後から担当者に会えるとのことだった。

雨が降っていたが、明るいうちはそれなりに心強い。どこへ行っても大勢の人がいる都心部なら、魔犬の恐怖にさらされずに済みそうだ。

電車で移動しながら李奈は物思いにふけった。巨大な犬をまのあたりにした翌日、別の場所で犬の唸《うな》り声をきいた。偶然だろうか。神経過敏のせいで、ふだんなら取り合わない野良犬の徘徊や、唸り声をいちいち認識する羽目になっているのではないか。

いや。田園調布にあんなに大きな野良犬なんて、どう考えてもおかしい。マスティフとブラッドハウンドの特徴を兼ね備えた、いかにも小説内にでてくる魔犬と同じ見てくれだったのも変だ。

あるいは犬の姿にせよ唸り声にせよ、幻にすぎなかったことはありうるのか。路上に現れた犬は曽埜田も見ているが、唸り声のほうは美和夕子にきこえていないようすだった。曽埜田にはラインでメッセージを送ったものの、しばらく安静にしたいとの返事がきて以降、なんのやりとりもない。どうやら入院しているらしい。メッセージに既読がつかないからには、スマホの電源を切っているのかもしれない。

大きな犬がうろついていたとの証言だけでは、警察がまともに動いてくれないのは明白だった。徳村刑事が指摘したように、あまり強く主張すると売名行為に受けとられかねない。難しい世のなかだった。いまの李奈は『バスカヴィル家の犬』のワトソンやヘンリー卿《きょう》と同じく、魔犬の存在に戦々恐々としながら暮らしているというのに。

代々木《よよぎ》駅近くの低層ビルの三階に東京如何社はあった。予想どおり受付はなく、ワンフロアに編集部と営業部が集約されている。事務机が縦横に並び、十数人の社員が立ち働くなか、李奈は椅子を勧められた。職員室に呼びだされた生徒のように、事務机のひとつを前に、社員と並んで座った。

二十三年も前の記事だけに、記者はとっくにいなくなっているのでは、李奈はそう思っていた。ところが意外にも、当時この記事を書いた社員は現役で、いま李奈の目の前に座っている。白髪まじりの五十代、眼鏡をかけた痩《や》せ型の男性だった。渡された名刺には長瀬宏隆《ながせひろたか》とある。外見上はおとなしそうだが、そこは『週刊真相』の記者、挨拶《あいさつ》直後から図々しさがのぞく。開口一番、長瀬がきいてきた。彼氏は？　いるとしたらつきあってどれぐらい？

もうどんな記事をでっちあげるか、おおまかな方向性ができあがっているのだろう。ずいぶん馴《な》れ馴れしい口調も気に障る。李奈は無視して問いかえした。「『バスカヴィル家の犬』にまつわる記事ですけど、当時どこに取材なさったんですか」

「いきなり仕事かね」長瀬はがっかりした顔になった。「もう少し茶飲み話でもしてから本題に入ってもよさそうなのに」

「これが小説ならそんなくだりは読み飛ばされます。『コナン・ドイル殺人事件』と、それを書いたロジャー・ギャリック＝スティールの現地紙でのインタビュー以外に、記事のソースはありますか」

「まあそこは……。ぶっちゃけうちの体制を見ていただければ、海外支局があったり特派員がいたりって規模じゃないのはわかるだろ。向こうで報じられていれば、そりゃもう立派なソースになりうる」

「ギャリック＝スティールの本とインタビュー。情報源はそれだけなんですね」

「そんな怖い顔をしないでもらえるか。イギリスからの依頼であなたが切羽詰まってるのもわかるけど……」

「お邪魔しました」李奈は腰を浮かせかけた。

「まった、まった」長瀬が手で制してきた。「話を最後まできいてくれ。こっちもただ本国の記事を引用転載してるだけじゃないんだ。裏取りはいちおうおこなっていてね」

李奈は座り直した。「裏取りとおっしゃると……」

「あっちの記事を書いた記者、それにロジャー・ギャリック＝スティールのエージェントにも質問状を送った。返信があったからそれを踏まえて記事にしたんだ」

「エージェント？　ギャリック＝スティール本人ではなく？」

「連絡をとろうとしたけど返事がなくてね。なんでも当時、世界じゅうのシャーロキアンから脅しめいた手紙が届いて、問い合わせのすべてには対応しかねるとのことだった。代わりにエージェントを捕まえたんだよ」

『バスカヴィル家の犬』がロビンソン作であり、しかも彼がドイルに殺されたと告発する本の、出版に至る経緯など知りたくもない。あの当時アメリカやイギリスでは、陰謀論をあつかうモキュメンタリー小説が流行《はや》った。たとえばイエスがマグダラのマリアと結婚したとする『ダ・ヴィンチ・コード』もこの時期だ。『コナン・ドイル殺人事件』……ドイルが殺されるわけでもないのに、この邦題はどうかと思われるが、原題は〝The House of the Baskervilles〟、『バスカヴィル家の屋敷』となっている。The Hound of the Baskervilles のもじりだろう。

長瀬がいった。「『バスカヴィル家の犬』の舞台になるダートムアってのは、花崗岩《かこうがん》がごろごろしてる荒涼とした大地でね。いまじゃ国立公園だけど、バスカヴィル氏というのは本当にそこにいたんだよ」

李奈はうなずいた。「意気投合したドイルとロビンソンが、ダートムアを訪ねたとき、迎えに来た馬車の御者がハリー・バスカヴィルだったそうですね」

「そう。小説のとおりの屋敷があって、牛みたいに大きな雑種の犬を飼ってた。地元では飼い犬《ドッグ》とは呼ばず、猟犬《ハウンド》と呼ぶ習慣があったから、ドイルがロビンソンとの共著の題名を〝The Hound of the Baskervilles〟にしようと」

問題になっている手がかりとはすでに乖離《かいり》がある。李奈はつぶやいた。「ギャリック＝スティールの本によれば、ロビンソンがドイルに見せた原稿の題名は『トーマス・ハーンの謎／ダートムア物語』となってますね」

「ところがそのものずばり"The Hound of the Baskervilles"と題した、ロビンソンの署名いり原稿が見つかったから、世界を巻きこむ大騒ぎになってるんだろ？　杉浦先生。なにか学説を発表するときには、うちが協力したってことを明言してくれるとありがたいんだが……」

「画期的発見でもあればそうします」

「……案外だね。きみはおとなしいときいてたのに」

いつもそういわれる。いろいろ揉《も》まれて性根が据わってきた。李奈は長瀬を見つめた。「ドイルは当初、友人ロビンソンと共著にするつもりだったのに、出版社がホームズに書き換えろと横槍《よこやり》をいれてきて、最終的に著者名からもロビンソンを外したとありますが」

「事実だろうよ。少なくとも向こうの記者が取材した、本物のバスカヴィル家に近い人たちの証言はそうなってる」

「誰ですか。近い人たちというのは。子孫か親戚《しんせき》か」

「まあそこは……。本物のバスカヴィル家はたしかに地元の領主だったし、生前のハリー・バスカヴィルは、ドイル夫妻とロビンソン夫妻のダートムア滞在中、いろいろ世話を焼いた人だ。彼が晩年、ラジオ番組ではっきりといってる。『バスカヴィル家の犬』はロビンソン作だと」

ため息が漏れる。『コナン・ドイル殺人事件』に書いてあったことをおさらいしても、新しい発見にはつながらない。李奈はいった。「ドイルが『バスカヴィル家の犬』を強奪後、傷心のロビンソンはロンドン博物館でエジプトのミイラについて調査を開始。そのころロビンソンの母親が亡くなる。ロビンソンは妻グラディスとフランスでクリスマスを過ごすけれども……」

長瀬があとをひきとった。「食あたりに近い症状を起こしたロビンソンは、気を失ったうえ高熱にうなされた。言葉が通じなかったこともあり、妻による医療の手配が遅れた。医者の到着が間に合わず、ロビンソンはそのまま死亡」

「いかにも陰謀論がささやかれがちなできごとですよね。奥さんがわざと医師を呼ばなかったとか」

「ドイルは法廷でほかの事件の解決に手を貸したり、名探偵さながらの活躍もしてた。なのにこのときは調査どころか、ロビンソンの葬儀にもでず、弔文ひとつ寄越さなかった。死因をきかれて、ミイラの呪いだと答えたりもした。しかもロビンソンの妻グラディスは、ドイルと愛人関係にあった。この妻も葬儀に出席しなかった」

「……その愛人関係にあったという話、本当だったら殺人の可能性を示唆する重大な要素だと思いますけど、『コナン・ドイル殺人事件』にはほのめかしだけで、根拠は書かれていませんよね？」

「たしかに書いてないが、本の出版前に著者ギャリック＝スティールが、新聞のインタビューでそう答えてる。グラディスはドイルの愛人だったと」

「なのに本のほうには根拠の記載がないと、島田荘司《しまだそうじ》さんもあとがきで嘆いてたじゃないですか」

「向こうの記者によれば、ギャリック＝スティールが自信たっぷりに断言したというんだ。証拠も揃っていると。あれはスキャンダルをでっちあげるような口調ではなかったと、記者が回顧してる」

李奈は醒《さ》めた気分になった。「真実だという根拠は、又聞きの記者が感じた〝口調〟だけですか」

長瀬が顔をしかめた。「百二十三年前の話だ。伝聞になるのはしょうがない。ただギャリック＝スティールはその時点で、なんらかの証拠を握ってたと考えられる」

「島田荘司さんも続刊に期待していると書いてます。でもそれから二十年以上、なんの音沙汰《おとさた》もなし」

「ギャリック＝スティールがつかんでた証拠というのが、ロビンソン作『バスカヴィル家の犬』の原稿かもしれないよ？」

「それはちがうでしょう」李奈は否定した。「原稿の存在を知ってたなら、題名が『トーマス・ハーンの謎／ダートムア物語』だったとは書きません。『バスカヴィル家の犬』と明記すると思いますが」

「ああ、そうだね……。しかしとにかく、ハリー・バスカヴィル氏はロビンソンが作者だといってるし、ドイルはそれに対し怒りとともに反論し、ロビンソンが一行も書いてないと主張した。両者の意見は完全に平行線だった」

「だからってドイルがロビンソンを殺したとする根拠はどこにありますか」

「ロビンソンはネズミによる汚染された水を飲み、チフス熱を生じたのが死因とされてる。しかしそれなら一緒に食事をした妻グラディスや、屋敷にいた使用人たちはなぜ無事だった？」

「毒を盛られたというんですか」

「当時は鎮静剤としてアヘンチンキを摂《と》ることが許されてた。そのうえで風邪薬を飲めば、腸と胃に消化酸を生じ、胸焼けを起こし苦しむ。チフス熱と同じ症状に見えるらしい。ドイルは医者だし、ボーア戦争の野戦病院で、チフス熱の症状は目にしてるからな」

「動機はなんですか」

「若い女好きのドイルは、ロビンソンがダートムア旅行に連れてきた妻グラディスとも知り合った。不倫関係にあってもおかしくないし、『バスカヴィル家の犬』の著者が自分でないと世間にばれるのを嫌ったし、ナイトの称号が剝奪《はくだつ》されるのを恐れた」

「ギャリック＝スティールは、ドイルが若いころ父チャールズをも殺したと示唆してますよね」

「ああ。ドイルはもう医師の資格を持ってたし、アヘンチンキを使いこなせたからな」

やれやれと李奈は思った。ハンドバッグから『コナン・ドイル殺人事件』をとりだす。「この348ページ、なにが書かれてるかおぼえてますか」

長瀬はからかうような笑いを浮かべた。「さあね」

「『チャールズには、今や医師の資格を持つ立派な息子がいて、その息子に治療してもらえたであろうし、鎮痛剤としてアヘンチンキを処方してもらえたはずで、息子が父のためになんらかの薬を処方することもできただろう。また父の病気の治療方針をほかの医師に求めることも可能だったはずだ』

「……ふうん。それがなにか？」

「次の段落の結びはこうなってます。『その気にさえなれば治療の方針を尋ねることができたはずだ』。さらに次の段落には『彼女もすぐそういう行動にはでなかったはずだ』。次のページ最初の段落に移って、『正式な書類があるはずだ』。なにか気づきませんか」

「『はず』の連発だな」

「そのとおりです。担当編集からよく怒られました。ミステリを書くにあたり論拠が不充分な場合、探偵の謎解きの台詞《せりふ》に『はず』が増えるって。『はず』は、当然そうあるべきだという意を表す語だと、辞書に載ってます。〝意を表す〟のだから、主観です。客観を装い、押しつけがましく第三者視点の総意を示唆しますが、じつは主観でしかありません」

長瀬はうろたえた。「たまげた……。噂どおりとんでもなく理屈っぽい女の子だねぇ。いや、いまや直木賞候補作家なんだから、そんな言い方は失礼か」

「長編ミステリで『はず』が二十を超えたら危険水準、編集者からそう習いました。ところが一冊の本に百三十を超える『はず』が用いられてる例があります」

「『コナン・ドイル殺人事件』のことかな？」

「『週刊真相』ですよ！　御社の雑誌の先週号は百五十二、今週号は百三十三の『はず』が文中に使われてます。『コナン・ドイル殺人事件』にも『はず』はめだちますが、それよりずっと薄い『週刊真相』が『はず』だらけなんです。客観的視点が求められる報道を掲げながら、記事は主観の嵐じゃないですか」

編集部はしんと静まりかえった。長瀬も愕然《がくぜん》とした面持ちで見つめてくる。

一瞬ののち、社内はなんと爆笑に包まれた。男女社員がそれぞれの机に向かったまま、いっせいに大笑いしていた。

今度は李奈が面食らう番だった。周りの誰もが聞き耳を立てていたこと自体、いまになって初めて認識した。しかもこのリアクションはなんだろう。なぜみな笑い転げているのか。長瀬も辺りに目を向けながら笑い声を発している。

ひとしきり笑ったのち、社員らは各々感心したようにつぶやいた。いやぁ、さすがだなぁ。はずって、そういう視点はなかったな。賢い人はこんなふうに畳みこんでくるんだねぇ。裁判でそんなふうにいわれたらやばかったな。

やがて編集部は落ち着きを取り戻し、各自が仕事を再開した。目を細めて李奈を振りかえる社員もいたが、特になにもいわずふたたび背を向けた。

長瀬の顔にはまだ笑いがとどまっていた。「いやー、まいったまいった。噂の杉浦李奈さんが、うちに乗りこんでくるからには、どんな態度をとるだろうかとあれこれ予想してたがね。すっかりやりこめられたよ。うちには報道の資格はないか。もうぐうの音もでないな」

「……勝ち負けの問題ではなく、わたしはただ真実を探求するべきだと申しあげたかったんです」

「素晴らしいねぇ。きみは本当に小説の探偵みたいだよ。なるほど。いうだけ野暮だが、あなたもご承知のとおり、うちみたいな零細はいわゆるゴシップ誌でしかない。尾ひれ背びれをつけ、許されるていどに話を膨らませて、大衆の下世話な要求に応《こた》える。それを商売にすることで、なんとか大手と張り合ってる」

「いまからでも遅くはないかと。真実だけを載せるように、徐々に方針をあらためていくべきじゃありませんか」

「あなたがいうと優等生的発言も嫌味じゃなくなるな。それだけの知性と熱意が感じられるからだろう。よし」長瀬は机の上に立ててあったファイルを十冊近く、まとめてひっぱりだすと、李奈の前に積みあげた。「これらを預けよう。イギリスの複数の記者とのやりとり、それにロジャー・ギャリック＝スティールのエージェントからのメール、さらなる周辺への取材記録。現地にも三度渡ってるよ。ダートムアにも行った」

　李奈はファイルの一冊を開いた。思わず息を呑《の》む。現地の新聞記事の切り抜き、地図、写真。長瀬のいうとおり、英文と翻訳で取材対象とのやりとりが、詳細に記録されている。各ファイルのすべてのページにびっしり書きこみがあった。

　困惑が李奈のなかにひろがった。「失礼しました。こんなにきちんと取材なさっているとは……」

「とんでもない」長瀬は穏やかな笑いとともにいった。「いちおうマスコミとしての矜持《きょうじ》はあるんだよ。でも本音はなんとかどでかいスクープをものにして、一気にメジャーな雑誌にのしあがれないかと、そのころは野心に燃えてたんでね。いまあなたが挑戦してるのと同じく、俺も世界をひっくりかえしたかった」

　長瀬は穏やかなまなざしになっていた。この人物や会社を誤解していたかもしれない、李奈はそう思い直した。たしかに平気でスキャンダルをでっちあげる方針は腹立たしいうえに、事実としておおいに傷つけられもした。しかし当初の志は高かったようだ。下世話な雑誌としての性格を濃くしていったのは、出版界の商業主義に流された結果か。雑誌編集部のみならず、小説家にも起こりうることだった。

「恐れいります」李奈は頭をさげた。「でもこんなにたくさんの取材記録をお借りするには、どなたか責任ある方の許可をいただかないといけないのでは?」

また控えめな笑いが社内にひろがる。長瀬が苦笑した。「だいじょうぶなんだよ。私が社長だから」

李奈は驚いた。「社長さんだったんですか?」

「なんだ。聡明《そうめい》な杉浦さんのことだから、とっくに気づいてるかと思ってたのに」

「でもこちらの机……」

「あー、島のなかに埋もれてるし、いかにもヒラっぽいって? 零細だから経営だけじゃなく、記者としても働いてるんだよ。あっちに社長用のデスクはあるけど、ほとんどの仕事はここでしてる」

さっきもらった名刺に目を落とす。長瀬宏隆の名に添えられた肩書きはない。するとと長瀬はもう一枚の名刺を差しだしてきた。「名刺なら二枚持ってる」

今度は代表取締役社長とあった。『週刊真相』の版元だけに、役職のない名刺を併用し、責任逃れに努めているのかもしれない。しかし仮にそうだとしても、偏見や先入観を反省すべきだろう。李奈はそんな心境だった。ひとつの記事のために取材を積み重ねる、この会社でもマスコミの基本理念は守られている。

とはいえ李奈自身についても、あることないこと書かれた経緯がある。李奈はまたもやもやするものを感じ始めた。「わたしを殺人容疑者呼ばわりなさいましたよね」

長瀬は慌てぎみに弁明した。「いや、それは……。日本小説家協会懇親会の火災の件だよな？　見出しをキャッチーにしただけだ。当時はあなた以外にも大勢の作家が、ネット上で容疑者だとみなされてたじゃないか。記事を最後まで読めば、あなたを犯人呼ばわりしてないのもわかる」

「フィクションそのものの恋愛スキャンダルは？　男性作家に好かれていて、別の女性作家と三角関係になってるっていう……」

「それはフィクションじゃないだろう。ちゃんと裏付けがあるよ」

「どこにですか？　そんなおぼえはありませんけど」

「曽埜田璋が杉浦李奈を好いてて、那覇優佳が焼き餅《もち》を焼いてる。取材記録のファイルを見せようか？」

たちまち顔が火照《ほて》ってくるのを自覚する。首から上が妙に暑い。そんな三角関係に見えたとしても、それは誤解だ。そのように抗弁すべきなのに、なぜか戸惑いばかりが大きくなり、なにもいいだせない。事実はどうなのだろうとふと思った。李奈こそ客観性を持っていたといえるのだろうか。

「……あの」李奈は冷や汗をかきつつ口ごもった。「とにかくこれ、お借りします……

……」

10

夜七時、李奈は阿佐谷のマンションに戻った。郵便受けから大判の封筒が突きでている。目黒の国際文学研究協会事務局からだった。

自室に籠《こ》もるや封筒を開いてみる。ロビンソン作とされる『バスカヴィル家の犬』原稿の日本語訳だった。詳細にわたり注釈もついている。李奈は喜びとともに美和夕子に電話した。

夕子が電話越しに告げてきた。「なるべく意訳を避けてあるの。当時に特有のいいまわしや、英語ならではのダブルミーニングについては、注釈に記しておいた。原文と照らし合わせながら分析するといいでしょう」

「感謝してもしきれません……。こんなに早く全文を翻訳していただけるなんて」

「主人公の名前がトーマス・ハーンである以外にも、ドイル版との顕著なちがいがあるのね。この原稿は執筆時と作中の時期が同じにしてある。ロビンソンが書いたとされる一九〇一年の春ぐらいが舞台。ドイル版のほうはもう少し前よね」

「そうです。『最後の事件』には、シャーロック・ホームズが滝壺《たきつぼ》に落ちて死んだのが、一八九一年と書かれていますから」

この時点でのドイルは、まだホームズがじつは生きていたとの設定にする気はなかった。したがって『バスカヴィル家の犬』は『最後の事件』より前に起きたことにする必要があった。

『バスカヴィル家の犬』の作中で、モーティマー医師が置き忘れたステッキに、1884と年号が刻まれている。ホームズはこれを見て〝彼が病院を辞めたのは、ステッキに刻まれている年号によれば、いまから五年前だ〟と推理している。つまり物語の時期は一八八九年になる。

李奈はいった。「いちおう一八八九年という設定でまちがいないでしょう……。ただしシャーロキアンによって諸説がありますけど」

夕子の冷静な声が耳に届いた。「とにかく一八八九年あたりがドイル作『バスカヴィル家の犬』の作中の時期よね。実際にそのちがいが如実に感じとれる箇所がある」

「ええ。わたしも原文で気づきました」李奈は翻訳版の紙をめくった。「ロビンソンの原稿では、カラー写真を開発する会社の株に、ヘンリー・バスカヴィルが興味をしめすくだりがあります。ドイルの『バスカヴィル家の犬』にはありません」

「カラー写真が一八九二年に発明されたから、ロビンソンは最先端の情報として取りいれたんでしょう。ドイルがこの原稿をもとにしてるのなら、ホームズが生きていた過去に設定するため、ここを削除してる」

同感だと李奈は思った。「逆にドイルが先に書いたのなら、ロビンソンもしくはほかの誰かが、わざわざそれを付け足したんです。執筆当時の現代に設定するために」

「七十八枚目には〝日本との同盟の是非が論じられる〟ともあるでしょう。一九〇一年三月に、日英独三国同盟締結の可能性がドイツ政府によって示唆されてるけど、これはそれを表してる。翌一九〇二年一月に締結される第一次日英同盟の前段階」

当時の中国、清《しん》で発生した〝義和団《ぎわだん》の乱〟ののち、いっこうに撤兵しないロシアにイギリスは脅威を感じた。ロシアを威嚇する目的で日英が手を結ぶことになる。これも執筆時期と作中の時期設定が同一である証《あかし》だった。

李奈は電話の向こうの夕子にいった。「マクラグレン教授が原稿に添えたメモによれば、英国文学史検証委員会による時代描写のチェックで、一九〇一年三月ごろの執筆と断定されたそうです。当時の新聞報道などと詳細に照らし合わせ確認したとか」

「定説ではドイルがロビンソンからダートムア地方の伝説なり、物語の原案なりをきかされたのが、一九〇一年の三月だったわよね」

「ええ。その後『ストランド・マガジン』で『バスカヴィル家の犬』の連載を開始したのが同年の八月号。原稿が完成してから連載が始まったという、たしかな記録と証言が複数あるので、八月号発売の前までに書かれたんです」

「時代に関する描写は、本国の専門家らが詳しく分析したうえで、なんの問題も見つからなかったのね……」

「はい……。そこからは手がかりが得られないようです」

「仕方ないわよね。容易に答がわかることじゃないからこそ、本国でも音《ね》をあげて、海外の専門家を頼ろうとしたんでしょうし」

そのとおりだった。ネイティブのイギリス人、それも文学の研究家チームが矛盾を見つけられなかったのに、李奈になにが読みとれるのだろう。

夕子の声がきいた。「杉浦さんは明日《あした》もこの研究に没頭するの？」

「できればそうしたいんですけど、講談社で新作の打ち合わせがあるので……」

「そう。とにかく英文の細やかな表現か、もしくは全体の流れか、どこに着目すべきかはわからないけど、なにかあると思って探して。うちもひきつづき協力させてもらうから」

「ありがとうございます。ご迷惑をおかけしてばかりで、申しわけありません」

「迷惑なわけない。杉浦さんの努力はいつも刺激になる。じゃ頑張ってね」

李奈は繰りかえし礼をいった。ほどなく通話が切れた。室内に静けさが戻ってきた。深く長いため息をつく。李奈は椅子の背もたれに身をあずけた。両手で顔を覆いながら天井を仰ぐ。思わず呻《うめ》きが漏れる。

これまで何度か盗作騒動に関わったが、パクられたという作品とパクった疑惑のある作品、双方を読み比べただけではなにもわからなかった。ただほんの少しだけ表現が異なる、ほぼ同一の小説がふたつあるだけだ。どちらが先に書かれたのかを判断するのは、日本の小説すら難しい。まして英文の場合、どこから手をつけるべきか、まるで見当もつかない。

インターホンが鳴った。李奈は立ちあがりキッチンへ移動した。壁に備え付けの親機のモニターが点灯している。それを観たとたん面食らった。優佳だった。妙にそわそわしている。きょう来る約束はなかったのに。

李奈は応答ボタンを押した。「優佳?」

すると優佳がカメラに顔を近づけた。優佳の表情がモニターに大写しになった。ひどく怯《おび》えている。声を震わせ優佳がうったえた。「李奈。早く開けて」

「どうしたの?」

「いいから、早く！　犬がでた」

はっと息を呑《の》み、李奈はオートロックの解錠ボタンを押した。これでロビーに入るための自動ドアが開いたはずだ。

ところがなおも優佳がカメラの前を離れない。「開けてってば！」

李奈はボタンを連打した。画面の縁に映りこんだ自動ドアが開かないままだ。ふつうならスムーズに開く。これまで故障などいちども経験していない。

このマンションのエントランスにおいて、外に面したほうの自動ドアは、ただ前に立つだけで開く。そこで狭いホールに入り、テンキーへの暗証番号入力でオートロックを解除すれば、ふたつめの自動ドアが開き、ロビーに入れる構造だ。優佳はそのホール内で立ち往生している。

李奈は呼びかけた。「いったん外にでられない？　そっちの自動ドアも開かないの？」

「そっちは開くけど無理」優佳の声はうわずっていた。「外になんてでられない。犬がいる」

「……まって。いま下へ行くから」

李奈は親機の前を離れた。優佳の悲痛な声がなおも響いてくる。お願いだから早くして、そう叫んでいた。

靴を履き、内通路へと駆けだす。エレベーターのボタンを押した。扉が開くまでがひどくもどかしい。

手にはスマホを握りしめていた。震える指で操作する。一一〇番。必要があればかけるべきだ。しかしいまはそれよりもカメラを起動させておかねば。あの犬が本当にまた現れたのなら証拠を残したい。

いつもなら難なくタップできるはずが、いまは隣のアイコンに触れてしまってばかりで、まともに操作できない。ようやくカメラアプリを開けたが、同じタイミングでエレベーターの扉も開いた。じれったいことこのうえない。李奈はエレベーターのなかに乗りこんだ。一階を押したのち、閉のボタンを連打する。

扉が閉まった。下降していくのを身体に感じる。カメラアプリのモードを動画に切り替えようとする。スワイプがうまくいかない。保存してある画像が開いてしまい、自分のメイクを試していたときの間抜け面が映る。苛立《いらだ》ちをおぼえながらスワイプしようと四苦八苦する。尋常でなく指が震えていた。ようやく動画モードに切り替わった。録画ボタンをタップしておく。

開いた扉から駆けだした。このマンションの住人らの帰宅時間は遅めだ。まだ七時すぎのせいでロビーには誰もいなかった。自動ドアのガラス越し、エントランスのホールに優佳が立っているのがわかる。李奈を見てガラスを叩《たた》いていた。

李奈は自動ドアに走り寄った。おかしい。開くはずの自動ドアがなぜか開かない。ガラスの向こうから優佳の声がくぐもってきこえる。「開けて！　李奈。なんとかして」

優佳は必死の形相で救いを求めている。李奈は動揺するしかなかった。この時間にはロビーにコンシェルジュもいない。

冷静にならないと。たしか施錠されていなければ、自動ドアは手の力で開けられるはずだ。ガラスにてのひらを這《は》わせ、ゆっくりと横にスライドさせてみる。ドアは少しずつ開いた。隙間がひろがると、優佳は両手でガラスをつかんだ。ふたりがかりでドアの開口部を徐々に広げていった。

いきなり優佳が抱きついてきた。李奈は体勢を崩し、ふたりは絡みあったまま、その場に転倒してしまった。

優佳は涙ながらに甲高い声で告げてきた。「李奈。ごめんなさい、疑ったりして。ほんとにいるなんて思わなかった。あんな犬」

「落ち着いて」李奈は上半身を起きあがらせた。「どこに犬がいるっていうの？」

すると優佳が外を振りかえった。「あそこに……」

外に面するほうの自動ドアはまだ閉じていた。ロビーの照明がガラスに映りこみ、暗がりがはっきりとは見通せない。それでも雨が降っているのはわかる。エントランスの正面にあたる屋外は、車寄せと駐車場だが、そこに怪しく光るものがある。緑いろにぼうっと発色する、人魂《ひとだま》に似た炎が浮かびあがる。

炎が近づいてくると、黒々とした巨体が識別できるようになった。まさしく牛の大きさだった。あの田園調布の路地で見たのと同じだ。恐ろしい形相がこちらを睨《にら》みつけ、みるみるうちに突進してくる。人魂らしき光は口から吐く炎だった。なんと『バスカヴィル家の犬』のとおりではないか。むしろポプラ社の夜光怪獣。

魔犬がまっすぐエントランスへ向かってくる。急激に距離を詰めつつある。李奈と優佳は揃って悲鳴をあげた。

だが外に面する自動ドアは反応しなかった。魔犬は速度を落とさず、そのままわきに逸《そ》れていき、たちまち視界から消え去った。

ふたりはしばしロビーにへたりこんでいた。まさに腰が抜けたも同然だった。

だしぬけにガラスを叩く音がした。優佳がびくつきながら李奈に寄り添った。「ひっ」

エントランスとは別方向、全面ガラス張りの壁を外から叩くのは、四十代のくたびれたスーツ姿だった。『週刊新潮』記者の寺島《てらしま》が、妙な顔でこちらを見下ろしている。李奈は硬直していた。震える両手が胸の上で、動画撮影モードのスマホを保持している。カメラレンズは自動ドアの向こうをとらえつづけていた。

11

角川本社ビルの一階には吹き抜けの大広間がある。モダンで豪華な内装のため、記者会見場として用いられることも多い。

昼すぎから大勢の報道陣が詰めかけていた。李奈はひたすら困惑しながら、前方の会見席におさまることになった。並んで座る優佳は、すっかり借りてきた猫の状態で、目を泳がせてばかりいる。菊池はさすが会社員だけに、こういうときには淡々と振る舞う。ほかにもＫＡＤＯＫＡＷＡの取締役や法務部の人たちも同席し、なんとも物々しい雰囲気になってしまった。

記者席はほぼ満席で、奥にはテレビ局のカメラも整列している。それらと向かい合う李奈は全身を硬直させていた。直木賞受賞の記者会見を夢見たことは何度もあったが、いまはまったく別の理由でこの席にいる。これが全国に中継されるかと思うと、頭がくらくらしてくる。

優佳が震える声でささやいた。「李奈と仲直りしたくてご飯を誘いに行っただけなのに……。行かなきゃよかった」

「そんなこといわないで」李奈も小声でかえした。「まさかマンションの真ん前に犬が現れるなんて、予想できるわけなかったんだし」

向かい合う記者席には『週刊新潮』の寺島もいる。騒動が拡大したきっかけは、彼が李奈のマンション前に、ニュースを求めて張りこんでいたことだった。しかも寺島は、あの肝心な数分間のみ、近くのコンビニへ行っていて、魔犬の出現を目にしなかったという。それでも李奈のスマホは、口から緑いろの炎を吐く、牛のように大きな犬の突進をとらえていた。マスティフとブラッドハウンドの雑種っぽい、なんともいえない不気味な顔も、動画にしっかり記録されていた。

寺島はただちにその動画を預けてくれといった。李奈と優佳はすっかり肝を冷やしていたため、なんとかしてくれるだろうと寺島を頼りにしてしまった。しかしよく考えてみれば、寺島は週刊誌記者だった。最近はテレビに出し抜かれるのを恐れ、週刊誌もネットニュースでさっさとスクープしてしまう。気づけば『週刊新潮』のSNS

で動画が公開され、瞬く間に拡散されていた。

英国文学史検証委員会から、ロビンソン作とされる『バスカヴィル家の犬』原稿の真贋《しんがん》分析を依頼された、日本の直木賞候補作家。二十五歳の杉浦李奈が小説さながらに、緑いろの炎を吐く魔犬に襲われた。面白すぎるニュースはひと晩で世界を駆けめぐった。

翌朝、KADOKAWAが業務開始時間を迎えるまでに、魔犬の動画は大騒ぎになっていた。直木賞候補作『ニュクスの子供たち、そして私』の版元であるKADOKAWAでは、上層部からなんとか騒動を鎮めろとの命が下ったらしい。スクープした新潮社でなく、KADOKAWAに庇《かば》われるようなかたちで、こんな記者会見になった。

なにが起きたか、ひととおり説明がなされたのち、記者からさっそく質問が飛んだ。

「都心に大きな野良犬がいるとも思えないので、これは杉浦李奈さんのお仕事に注目を集めんがための、プロモーションの一環ではと邪推する声もネットであがっていますが」

予想された問いかけだった。というよりSNS上はヤラセを疑う声ばかりだ。李奈は精神的に参っていた。手もとのマイクに李奈はささやいた。「捏造《ねつぞう》説や売名説が飛び交っているのは知っています。英国文学史検証委員会にも迷惑をおかけしますので、さきほど英国大使館に連絡してもらい、『バスカヴィル家の犬』真贋分析を辞退させていただきました」

ざわっとした驚きがひろがる。別の記者がいった。「マクラグレン教授は先日の会見で、杉浦さんにおおいに期待しているとお話しでしたが」

「はい……。失望させてしまい申しわけありませんとお伝えしました」

「教授は残念がっていたのでは？」

「そのようなお言葉もいただきましたが、わたしの周りでも先輩作家がひとり入院したり、友達を怖い目に遭わせてしまったり、危険が及ぶので……」

するとさらにほかの記者が声高に指摘した。「売名がてら魔犬騒動を起こすことで、まんまと真贋分析の責任から逃れたんじゃないですか」

優佳がむきになった。「ちょっと。それはどういうご意見ですか？　李奈がわざわざ大型犬を用意したって？」

「いやあの」記者は半笑いだった。「誰のしわざにせよ人為的に用意しなきゃ、あんなに大きな野良犬に二度もでくわすはずないと思いますけどね」

「それをやって李奈になにかメリットがあるんでしょうか。イギリスからの依頼を蹴《け》りたいだけなら、そのように連絡するだけの話ですし、なにも犬がでてくる必要なんて……」

李奈は当惑を深めた。「優佳、もういいから」

だが優佳は李奈をちらと見た。まかせてと目でうったえると、優佳がまた記者に向き直った。「いまさら杉浦李奈に売名なんて」

「ですが」記者はなおもへらへらと笑っていた。「直木賞候補であられるし、選考委員の関心を引いておけば有利ってこともありうるかと」

菊池が硬い顔でマイクに口を寄せた。「それはありえないんじゃないでしょうか。あくまで候補作が評価されたのであって、著者の知名度と比例するわけでは……。だいいち巨大な犬にでくわしたことが、なぜ賞の選考で有利になるとお思いなのか」

「でも犬の動画が話題を呼んでますよね？　それにより杉浦さんが英国文学史検証委員会から依頼を受けていた事実が、世間に再認識される。直木賞の最終選考を控えたいま、杉浦さんの格上げは版元にとっても重要な課題では？」

今度は菊池が表情を険しくした。「それは……どういう意味でしょうか。弊社が組織ぐるみで工作を働いたとでも？」

「そうはいいませんが」記者が菊池を見つめた。「ＫＡＤＯＫＡＷＡさんは過去にもいろいろとね」

記者席は騒然となった。誰もがいっせいに発言したため、各々がなにを喋《しゃべ》っているかさだかではない。加えて取締役や法務部の社員も抗弁しだした。報道関係者の半分ぐらいは、場が荒れることを望んでいたかのように、一様に顔を輝かせている。

李奈は落胆を禁じえなかった。急にイロモノのようにみなされだした。この記者会見自体、壮大な茶番のように感じる人々も多いのではないか。

女性記者が発言した。「売名という意見がでていますが、わたしは逆効果ではないかと思います。このように俗っぽい騒動に巻きこまれた作家は、直木賞候補にふさわしくないと判断されかねないのでは？」

菊池が言葉に詰まった。いいにくそうにしているのは、どのように表現しても、選考委員を刺激してしまうのではと危惧《きぐ》しているからにちがいない。口ごもりながら菊池が応じた。「そのようなことは……。さっきも申しあげたとおり、選考はあくまで作品についておこなわれると考えます。まして杉浦さんは不祥事を起こしたわけでもなく、ただ災難に巻きこまれただけで……」

さっきへらへらと笑っていた記者が、今度は真顔で声を張った。「それが災難じゃなくて、誰かのしわざじゃないかという疑惑がでてるんですがね」

優佳が食ってかかった。「疑惑がでてる？　いかにも一般的な事象のようにおっしゃいますけど、どこでどういうふうに疑惑が取り沙汰《ざた》されてるんでしょうか」

「それはつまり、ネットとかでもそんなコメントが散見されるので……」

「ネットですか。前々から思ってるんですけど、ネットにこういう書きこみがありましたというのは、報道の根拠になるんですか？　なんなら記者さんが自分で書きこめますよね？」

ヒートアップする優佳を李奈はなだめようとした。だがときすでに遅し、記者たちが猛然と反論し、またも会見場は喧噪《けんそう》の渦に包まれた。

記者のひとりが大声を張りあげた。「動画の犬ですけどね！　あれは口から炎を吐いてるんじゃなく、夏場に犬の散歩に用いる水蒸気発生装置つきの首輪と、緑いろのLEDとの兼ね合いだという意見が多くあります。水蒸気が煙状に噴射されてるのを、LEDが照らすので、炎のように見えているのだと」

菊池は額に汗をかいていた。「はい……。そういうご意見がネットにあるのは拝見しました。たしかに動画を拡大してみると首輪らしきものが確認でき、おっしゃるとおり水蒸気発生器つきのタイプと似通った形状かと……。LEDもごく小型の物が取り付けられるでしょうし」

「ということは、安価で済む工作によって、いかにも『バスカヴィル家の犬』らしい魔犬をでっちあげようとした可能性が高いと」

「さあ。私としてはなんともいいようがなく……」

別の記者が茶化した口調で質問した。「動画では犬が横方向に逸《そ》れていき、そのままフレームアウトしていますが、その後どうなったんでしょうね？　画面のすぐ外でドッグトレーナーが、お座りといってるとか？」

笑い声が沸き起こる。優佳が歯ぎしりしたのがわかる。李奈も悲しい気持ちになった。報道陣はこれを自作自演ときめつけたがっているようだ。

だがそのとき、ひとりの男の声が響き渡った。「ドッグトレーナーなんかいなかった」

記者席がしんと静まりかえった。誰もがいっせいに一方向を見つめる。そこには『週刊新潮』の寺島が座っていた。

寺島はやれやれという態度で立ちあがると、周りに対し声を張った。「みなさんご存じと思いますが、私は現場にいて、杉浦さんから動画を最初にあずかった者です。マンション前をちょっと離れた隙に犬が現れたらしく、その姿は見てませんが、私はすぐ駆け戻りました。周りには誰もいなかった」

張り詰めた空気が漂う。発言を控える記者が多いなか、それでも批判めいた口調で問いただす者がいた。「新潮さんは杉浦さんと仲良しでは？　いままでもいくつか情報を優先的に抜かせてもらっていたようですが」

「ああ」寺島は動じなかった。「誰かと思えば……。後追いの記事ばかり載せる二流メディアの人には、現場に出向いてスクープをつかむ重要性がわからないんでしょう」

「田園調布のときにつづいて、警察は今回も犬らしきものの痕跡《こんせき》すら発見できなかったそうですが？」

「雨が降ってたからな」

「そうそう都合よく、雨ににおいが流されるときにかぎり、謎の犬が現れるでしょうか」

寺島が鼻を鳴らした。「逆に考えれば、そんなときばかりを狙って犬を放《はな》ってる手合いが、どこかに潜んでないとも限らないでしょう」

「……新潮さんは、今回のことが杉浦さんやKADOKAWAさん側の、そのう、仕込みだとはお考えでない？」

「考えませんね。杉浦さんと那覇さんが怯《おび》えきってるようすを実際に見たのでね。曽埜田君という作家さんも、犬にでくわして救急車で運ばれ、いまは入院してます。杉浦さんが茶番に加担してるとは思えませんし、そんな色眼鏡で見るのもどうかしてますね」

「で、でも角川文庫では『バスカヴィル家の犬』を発売してますし、それの売り上げが伸びることもありうるので……」

「KADOKAWAさんが騒動を起こした？　馬鹿馬鹿しい。『バスカヴィル家の犬』は新潮社《う ち》でも光文社さんでも創元推理文庫でもでてる。著作権が切れてるから、なんならネットで無料《た だ》で読める。いったいなんのプロモーションになるっていうんですか」

また沈黙が降りてきた。威勢のよかった記者たちは一様に弱腰になり、誰もが発言を控えるようになった。寺島は椅子に腰を下ろした。

李奈は寺島を見つめたが、寺島は見かえさなかった。あくまで取材する側とされる側、そのスタンスを守ろうとしているのだろう。それでも李奈は感謝せざるをえなかった。動画を広めたのは寺島だが、この場で救ってくれたのもまた寺島だ。

静かになった記者席で、ようやく不規則発言でなく、きちんと手があがった。司会者が指ししめすと、記者が立ちあがった。

所属するメディアを問われた記者が自己紹介した。「ベネッセコーポレーション『いぬのきもち』編集部の斉藤《さいとう》と申します」

別の種類の笑い声が記者席に生じる。さっきよりは控えめだが、記者たちはざわついた。ささやきがきこえる。『いぬのきもち』って。

斉藤は穏やかな物言いながら、しっかりした声を響かせた。「放し飼いの大型犬に襲われるという被害は、都会でも後を絶ちません。失礼ながら私どもは、なにやら不穏な工作を疑うまでもなく、わりと頻繁に起きる事故ととらえております」

記者らが苦い顔で黙りこんだ。犬の専門誌に発言されたのでは、ろくにいいかえすこともできないらしい。

「しかし」斉藤が李奈を見つめた。「聡明《そうめい》な杉浦李奈さんにおかれましては、もう少し対処のしようがあったかと……。ガラスがあって難を逃れたように見えますが、大声をあげながら逃げたり、犬と目を合わせたりするのは、敵対意識を持つと思われ、犬を刺激する行動です」

「は」李奈はいっそう身を固くした。「はい。おっしゃるとおりかと」

「今度はぜひお気をつけを」斉藤は満足げに微笑しながら座った。「以上です」

新喜劇なら記者席の全員がずっこけるような間があった。現実にはそんなことは起きなかったが、誰もが絶句ののちに苦笑した。なんとも空気を読まない発言に思えたのだろう。

けれども李奈は貴重な助言だと思った。たしかにそうだ。動揺するばかりで、犬がどんな反応をしめすかまでは、まったく気がまわっていなかった。犬の正体を突きとめるには、まず冷静でいないと。目を合わさず静かにようすをうかがえば、犬がどこへ消えるか、行方をたしかめられるかもしれない。

『週刊新潮』の寺島と『いぬのきもち』の斉藤のおかげで、悪意まるだしの発言は鳴りを潜めたようだ。司会者が呼びかけた。「ご質問がほかになければ……」

ふいにあわただしい靴音が駆けこんできた。李奈が何度か見かけたことのあるKADOKAWAの社員が、血相を変え記者席の後方に立った。息を切らしつつ社員が声を張った。「講談社の社内に現れました！　牛のように大きな犬が」

どよめきがひろがった。記者らがひとりふたりと腰を浮かせ、そそくさと退場していく。立ちあがりスマホをいじる姿もそこかしこにあった。寺島は猛然と駆けだしていった。それを見た記者らが後を追い始める。

にわかにパニックがひろがりだした。李奈は優佳と顔を見合わせた。優佳が啞然《あぜん》とした表情を浮かべている。李奈も同じ心境だった。真っ昼間から講談社の社内に犬？

いったいなにがどうなっているのだろう。

12

田園調布中央病院の入院病棟、六つのベッドがある部屋に曽埜田はいた。埋まっているベッドは三つだけらしく、しかも患者ふたりは診療や散歩中で、室内には入院着姿の曽埜田しかいなかった。李奈と優佳、菊池は見舞いに訪れ、曽埜田のベッドを囲んだ。

曽埜田は上半身を起こしていた。気絶の後遺症が心配されたわけではなく、倒れたときに腕や脚を路面に強打し、骨にヒビが入ったらしい。ギプスで固めた左肘《ひだりひじ》が痛々しかった。

挨拶《あいさつ》もそこそこに会話が途絶えた。全員の目がテレビに釘付《くぎづ》けになったからだ。午後のワイドショー番組が中断し、ニュース速報を伝えている。画面にはお馴染《なじ》みの護《ご》国寺《こくじ》駅前、講談社の巨大な社屋が映っている。

リポーターの声がいった。「講談社前の歩道には報道陣が詰めかけております。お伝えしておりますように二時間ほど前、この社屋内を黒い大型犬が徘徊《はいかい》し、ときおり興奮ぎみに廊下を疾走したり、机の上に飛び乗ったりなどしたとのことです。社内は一時騒然とし、社員らは屋外に避難し……」

菊池がつぶやいた。「信じられんな。こんな時間から講談社に犬だなんて」

リポーターの声がつづけた。「犬は文芸第二出版部をうろついたのち、営業部や倉庫にも出入りしたとのことです。隣の大塚《おおつか》署員らが出動し、社内で包囲網を狭め、約三十分後に捕獲に至りました」

講談社の社屋の裏には、クルマが乗りいれられるスロープがある。スロープの先は裏路地につながっているが、その途中に置かれた金属製の檻《おり》が映った。一辺が一メートル半ほどの正方形で、内部を黒い大型犬が苛立《いらだ》ったように歩きまわる。むろん前進しつづけられるほどのスペースはなく、すぐに方向を変えては、行ったり来たりを繰りかえす。

曽埜田がつぶやいた。「あのときの犬……じゃないな」

李奈も同意見だった。田園調布の路地と、阿佐谷のマンション前に現れた犬は同じに見えた。だがこれはちがう。黒の大型犬といってもラブラドール・レトリバーに近い。苛立ったようすはたぶん空腹なのだろう。毛艶《けづや》はよさそうで首輪もしている。雑種かもしれないが野良犬とは思えない。魔犬の印象にもほど遠い。

そのように李奈はいおうとしたが、それより早く優佳がベッドのわきでしゃがみ、曽埜田と目の高さを合わせた。並んでテレビを眺めながら優佳がいった。「マスティフとブラッドハウンドの雑種には見えないなぁ。首輪も水蒸気をだすやつじゃなくて、ふつうだし」

曽埜田が黙って優佳に目を向けた。すると優佳は「ね？」と曽埜田を見かえした。しばし沈黙があった。優佳が曽埜田と仲直りするために、親しげな態度をとっているのは明白だった。酒の席でのことはすべて忘れたといわんばかりの笑みを浮かべる。堂々とこういう態度をしめせる優佳の強心臓は尊敬に値する。曽埜田は戸惑いがちに視線を逸《そ》らし、またテレビに見いった。

リポーターの声が告げた。「捜査関係者の話によりますと、この犬は都内で犬のレンタルをおこなう有限会社バウワウから貸しだされ、きょう午前中にトラックで社屋の地下駐車場に運びこまれたとのことです。警備員は資材搬入と説明されたと証言しています。何者かが業務用エレベーターで犬を社内にリフトアップし……」

経緯はまだ不明だが、〝何者か〟と表現していることから、たぶん犬を借りた人間の身元がたどれずにいるのだろう。偽名の身分証を提示した可能性が高い。講談社の警備はかなり厳重なほうだが、どこかの部署に話が通じていれば、車両の乗りいれは問題なくおこなえると考えられる。社内の事情に詳しい者の犯行か。

菊池がほっとしたようにいった。「頭にくる記者会見だったけど、いまとなっては開いておいてよかった。この犬が講談社に現れたのと同時刻、俺たち全員のアリバイが証明されてるからな」

優佳がしらけ顔で菊池を見上げた。「誰か共犯者がいると疑われるだけかも。でもなんで講談社？　しかもこんな昼間に」

李奈は重苦しい気分でつぶやいた。「わたしの打ち合わせ予定があったから……」

曽埜田が驚きのまなざしで仰ぎ見た。「ほんとに？」

「文芸第二出版部……。わたしはいつも担当編集の松下登喜子さんの席へ直接出向くんです。だけど緊急に記者会見をおこなうことになったから、午前中にキャンセルの連絡をいれました」

「じゃその予定を知ってた誰かが、犬を社内に放つ手筈《てはず》を整えてたってわけか」

優佳がきいてきた。「予定はいつ立てたの？」

李奈は答えた。「前回の打ち合わせ中に……」

菊池がうなずいた。「なるほど。なら犯人は講談社の社員か。ありうるね。うちでだした『ニュクスと子供たち』が直木賞候補になったのを面白く思わない社員が……

…」

　そう短絡的とも思えない。李奈は首を横に振った。「編集部内で聞き耳を立てるのは容易じゃないでしょう。こっちも周りを気遣って小声で打ち合わせをしますし」

　曽埜田が低く唸《うな》った。「犬は杉浦さんのにおいをたどって、文芸第二出版部へ行ったのかも」

「そうでしょうか……。前回の打ち合わせはずいぶん前ですけど、においってそんなに長く残るんですか？　それに営業部や倉庫にはいちども行ったことが……」

「読めた」優佳が李奈を指さした。「その大きめのハンドバッグ、たしか読者からのプレゼントでしょ？」

「そうだけど……」

「犯人はその送り主。ハンドバッグのにおいを記憶させて李奈を襲わせた」

『バスカヴィル家の犬』にはそんなトリックがある。しかし賛成しかねると李奈は思った。「きのうのマンションで、わたしはこのハンドバッグを持ってなかった。ガラス越しににおいが届くとも思えない。でも犬はこちらへ向かってきた」

「ふだん出入りしてるんだから、ハンドバッグのにおいがマンションのエントランスにも残ってるんだよ、きっと」

「そう？」李奈はハンドバッグに顔を近づけ、においをかいだ。

みな固唾《かたず》を呑《の》んで見守っている。そのうち菊池がきいた。「どう？」

「……なんのにおいもしない」

笑いが沸き起こるなか、優佳は苦笑しつつも弁明した。「人間にはにおいがわからなくてもさ、犬には嗅《か》ぎわけられるんじゃね？」

菊池が声をあげ笑った。曽埜田も目を細めている。それに気づいた優佳が、また姿勢を低くし、曽埜田の顔をのぞきこんだ。なんとか心の距離を詰めようとするように、優佳が屈託のない笑みを、曽埜田ひとりに向ける。

曽埜田はまた当惑のいろを浮かべたが、優佳が執拗《しつよう》に微笑むうち、半ば仕方なく打ち解ける気になったらしい。曽埜田も優佳に笑いかけた。優佳はいっそう嬉《うれ》しそうに笑った。すると曽埜田が李奈を気にするように見上げてくる。

李奈は妙に心拍が速まるのを自覚した。三者三様、この視線の交錯はなんだろう。『週刊真相』の取材は案外、的を射ていたというのだろうか……？

引き戸を開け、スーツが息を切らしながら現れた。兄の航輝が李奈を見たとたん、安堵《あんど》のため息を漏らした。「李奈。ここにいたのか。無事でよかった」

「お兄ちゃん」李奈は面食らった。「なに？」

「なにって。KADOKAWAで記者会見、講談社に犬。黙ってるわけにいかないだろ」

あいかわらず心配しすぎだ。李奈は頭を掻《か》いた。「会社を抜けだしてきていいの？」

「営業職だから外まわりばかりだよ。途中で寄っただけだ」

「それもあんまりよくないんじゃ……」

優佳が李奈を指さした。「お兄さん、そのハンドバッグ」

「あん？」航輝は李奈のハンドバッグを眺めた。「これがどうかしたのか」

曽埜田も笑いながら同調した。「犬がそのにおいに引き寄せられてるんです」

「マジか」血相を変えた航輝がハンドバッグを奪おうとする。「李奈。すぐにこんな物は捨てろ」

李奈は苦笑とともに抵抗した。「まってまって。ちょっと！　そんなの優佳のきめつけでしかないから」

「身体のにおいも消せ。頭からつま先までファブリーズを噴きかけて……」

「毎日ちゃんとお風呂《ふろ》に入ってるってば。お兄ちゃんとはちがうの」

航輝もふざけているのはあきらかだった。一同が笑い転げていると、女性の咳《せき》ばらいがきこえた。はっとして沈黙すると、戸口にベテラン風の看護師が立っていた。

看護師がいった。「いまはほかに誰もいませんけど、院内ではお静かに」

「は」航輝が頭をさげた。「はい。申しわけありません……」

菊池がため息まじりに同じく謝罪する。李奈も看護師におじぎをした。優佳と曽埜田もみなに倣ったものの、また顔を見合わせ、くぐもった笑い声を響かせる。

まるで高校生のような青春群像。けれども友達ふたりのようすを、李奈は微笑ましく見守った。小説家どうし苦労をともにした仲は、やはり容易なことでは壊れない。ぎこちなくはあっても、いったん心を開けばまた通じあえる。こんな友達がいてよかった。

13

日が暮れた。きょうは雨が降っていなかった。李奈は優佳とともに、夕食のため渋谷《しぶや》に寄った。

渋谷センター街のビストロ・ラ・クッチーナでパスタを食べたあと、駅へとひきかえした。スクランブル交差点を渡りきり、混雑するハチ公前広場へ戻ったとき、アナウンサーの声が耳に入った。「有名なシャーロック・ホームズ小説『バスカヴィル家の犬』の作者をめぐる問題で……」

優佳がはっとして足をとめ、交差点を振りかえる。李奈も同じ動作をとっていた。ビル壁面の大型ビジョンにアナウンサーの顔が映しだされている。

アナウンサーがつづけた。「英国文学史検証委員会の依頼を受けたアメリカの文学鑑定チームが、コナン・ドイルではなくフレッチャー・ロビンソンの著作の可能性が高いとする、分析の中間発表をおこないました」

「中間発表？」優佳が怪訝《けげん》そうにつぶやいた。

李奈は固唾を呑んで大型ビジョンを見つめた。画面は切り替わり、『バスカヴィル家の犬』原本の表紙が映った。次いで物語の舞台となるダートムアの荒涼とした大地。フレームの隅に〝資料映像〟とある。

道行く人々はさほど関心をしめさず、足をとめているのは李奈と優佳だけだった。アナウンサーの声がこだました。「この鑑定チームは、ロビンソンのほかの著作のタイプライター原稿を入手、活字の印字ぐあいの比較から、『バスカヴィル家の犬』の原稿も同一の著者によるものと判断できたとのことです」

優佳が首をかしげた。「タイプされた文字からわかるの？」

李奈は応じた。「当時はもちろん電子タイプライターじゃないから、キーを叩《たた》く力が指によってまちまちで、それが印字の濃さに表れる。どの活字がどれぐらい濃くなるか、人それぞれ特徴があるの。文書をタイプするのが当たり前の欧米では、そこから書き手を鑑定する技術が育ったって」

「へえ。直筆の署名だけで判断するんじゃないんだね」

アナウンサーはしばらく、ロビンソン作とされる原稿が発見された経緯などを、ひととおり説明した。やがてまたアメリカの鑑定チームの発表内容に触れた。「代表者である文学研究家イーサン・クレイ氏によれば、ドイルの『バスカヴィル家の犬』は一八八九年の設定のはずが、その時期にはありえない描写が書かれており、これは舞台を一九〇一年に設定したロビンソン作の影響を表すもので……」

李奈はじれったさとともに唸った。「根拠にならない。ドイルはいちおう一八八九年に設定したけど、すでにいろんなところで矛盾が生じてる。一九〇〇年説を唱えるシャーロキアンもいるし」

優佳がうなずいた。「シャーロック・ホームズが滝壺《たきつぼ》に落ちるより前の時期って、ドイルは漠然と設定しただけで、そんなに細かく考えずに執筆したってことだよね。そもそもドイルって、短編のほうもうっかりミスだらけじゃん」

「そう。だけど……。いままでによく知られた矛盾も含め、あまりに齟齬《そご》の数が多すぎるようなら、状況証拠の積み重ねでクロとされる可能性もあるかも……」

「なに？　李奈。自信が揺らいでない？」

たしかに自信など持てない。アメリカ人は少なくとも日本人よりはクイーンズ・イングリッシュを理解できるだろう。彼らでなければ気づきえないことも多くあるにちがいない。その鑑定チームによる指摘は、李奈が想像するよりずっと奥深く、学術的な根拠を有するのかもしれない。

アナウンサーの口調が締めくくりの響きを帯びだした。「クレイ氏によれば、〝分析依頼を受けた国によっては成果を挙げられず、犬に追いまわされたというデマで逃げるところもあるみたいだが、私たちは最後までやりとげる〟とのことです。では次のニュース……」

「あ？」優佳が怒りの表情で吐き捨てた。「事情も知らないくせに嫌みかよ。むかつく」

李奈はため息とともに歩きだした。「アメリカにまで伝わってるのかぁ……」

「ちょっと。李奈」優佳が追いかけてきた。「いわれっぱなしでいいの？　あいつらの鼻を明かしてやろうよ」

「もう辞退しちゃったから」

「そんなの李奈らしくない！　白濱瑠璃さんもがっかりするよ。十一巻のネタにしようと思ってたのに尻切《しりき》れトンボで」

「杉浦李奈は滝壺に落ちて死んだって書いてくれりゃいいよね」

「なんでそんなことというの？　たぶんいままでを小説にしたらさ、まだ162ページぐらいだよ？　そこでいきなり滝壺に落ちて終わりなら、とても薄い文庫になっちゃうじゃん。カフカの『変身』並みに」

李奈は苦笑しつつ改札をめざした。「価格が安くて喜ばれるかも」

「読者が失望するだけだって。ねえ李奈、もう一回挑戦しようよ。あの馬鹿犬も誰が放《はな》ってるか、突きとめてこその杉浦李奈じゃん」

あと数メートルで改札口というとき、スマホの振動を感じた。李奈は人の流れから抜けだすと、スマホの画面を確認した。03で始まる知らない番号から電話がかかっている。

優佳が追いかけてきた。「なに？　電話？」

「ええ」李奈は応答した。「はい……？」

年配とおぼしき女性の声がきこえた。「もしもし。杉浦李奈さんでしょうか」

「そうですけど……」

「わたし田中昂然の妻で、幸代《さちよ》と申します」幸代の声は震えていた。「じつは夫が帰ってこないんです」

14

田中昂然は大御所ミステリ作家であると同時に、日本文藝家協会の副理事でもある。ただし李奈は田中がどこに住んでいるか知らなかった。

妻の幸代が教えてくれた住所へ足を運ぶ。優佳とともに、渋谷駅から銀座《ぎんざ》線と東西《とうざい》線で、茅場町《かやばちょう》駅へ向かった。周辺は都心然としたビル街だが、暗い路地を五分ほど歩くと、閑静な住宅街に至る。途中コンビニが何軒かあった。すべて李奈のバイト先と同じローソンだった。セブンイレブンやファミリーマートは、この方向にはまるで見あたらない。

スマホのナビがしめす目的地に近づいた。優佳が足をとめた。「李奈……。警察が来てるよ」

李奈も緊張とともに立ちどまった。行く手には庭付きの戸建てがある。この辺りの地価を考えれば豪邸に等しい。門の前にはパトカーが横付けされていた。赤色灯が一帯の闇を紅いろに点滅させる。

胸騒ぎがする。李奈は歩を速めた。二本の門柱のあいだに門扉はない。大きな松の木がうねる庭に、私服と制服の警官が一名ずつ立ち、なにやら話しこんでいる。

また警察と関わるのは厄介でしかない。気が引けたままたたずんでいると、制服警官がこちらを見た。私服のほうも視線を追うように李奈に向き直った。

三十歳ぐらいの刑事だった。意外なことにその顔には見覚えがあった。刑事のほうも驚きに目を瞠《みは》った。「杉浦先生じゃないですか」

優佳はさも嫌そうに、眉間《みけん》に深い縦皺《たてじわ》を刻んだ。「あー。前に会ったことありますよね」

李奈はうなずいた。「そう。中央署《ちゅうおう》の篠井《しのい》さん。日本小説家協会懇親会の事件で……」

大勢の小説家や評論家が命を落とした、痛ましい集団放火殺人事件。懇親会を欠席した小説家らが、片っ端から疑われる羽目になった。まさに二次被害だった。事件発生現場を管轄とする中央署の捜査員たちは、当日欠席の作家らの自宅をまわり、任意で事情をきいた。李奈や優佳のもとにも現れた。ふたり訪ねてきた刑事のうちひとりが篠井だった。

そういえばあのとき、兜町《かぶとちょう》にある中央署の廊下で、田中昂然と偶然でくわした。彼は参考人として出頭していた。ここ茅場町二丁目は中央署の管轄内だけに、呼びつけやすかったのだろう。

篠井刑事が歩み寄ってきた。「おひさしぶりです。どうしてこちらに？」

「奥様から連絡を受けまして……」

「そうですか。幸代さんなら宅内におられますよ。お会いになりますか」

「ええ。お邪魔でなければ」

「とんでもない。杉浦先生なら大歓迎です」

優佳が咳《せき》ばらいした。「わたしの小説もアニメ化されて、いまや結構売れてるんですけど」

いったん歩きだした篠井が振りかえった。「ああ、はい。あのときはお手数をおかけしました。ええと……」

「那覇優佳です。ペンネームですけどね」

「そうそう、那覇先生。事件の捜査に際し、ご協力に感謝申しあげます。なにしろあのときは出版界の関係者に、ひとり残らずアリバイをうかがわねばならなかったので」

「でしょうね」優佳は仏頂面で先に玄関へと歩いていった。

篠井が戸惑いをのぞかせた。「なにか失礼を……」

「いえ」李奈は否定するしかなかった。実際には、自分にいちどでも疑いの目を向けてきた刑事との再会が、さして喜ばしくないのは当然だった。優佳が忌避したがるのも理解できる。篠井が悪い人だとはけっして思わないが。

李奈と篠井は急ぎ足で優佳に追いついた。三人で玄関の引き戸を入る。靴脱ぎ場に靴は少なく、廊下に人影も見えない。静かだった。

靴を脱ぎ板張りの床にあがる。李奈はきいた。「ほかにも捜査員の方々がおいでになるんですか」

「いえ……。嶋仲《しまなか》と私たちぐらいです。まだ事件性の有無とか、特になにもわかっていないので」

「事件じゃないんですか？」

「田中昂然先生がいつの間にか姿を消し、まだ二時間ほどしか経っていないそうなので」

「二時間……」

「ですが奥様によれば、黙って家をでることはいままでなかったうえ、どうにも状況が奇妙だと。例の事件以来、なにか気になることがあれば連絡してくださいと伝えてありましたから、私たちも早々に出向いてきたんです」

ほとんど容疑者扱いをしてしまった埋め合わせのつもりかもしれない。三人は廊下を進んでいき、開放されたドアを入った。

そこは書斎だった。十畳ほどもある和洋折衷の室内には、大きなマホガニー製の机に肘《ひじ》掛け椅子、ガラス戸つきの書棚など、大御所作家らしい備品に彩られている。書棚のなかは太平洋戦争絡みの本が多い。

嶋仲刑事と立ち話をするのは、ロングワンピースを着た六十前後とおぼしき婦人だった。グレーの髪の婦人は不安な表情でこちらを見た。心細そうなまなざしから、実際に夫の行方を案じているのが感じとれる。これが演技だとすれば女優並みだろう。

嶋仲も李奈と優佳をかわるがわる見た。たちまち嶋仲の顔に笑いが宿った。「こりゃどうも！　杉浦先生に那覇先生。その節は」

声高に挨拶《あいさつ》することで、場の空気を和ませようとするのが、嶋仲の社交術のようだ。優佳は笑みひとつ浮かべなかったが、李奈は深々と頭をさげた。

婦人もおじぎをした。「杉浦李奈先生。田中昂然の妻の幸代です。わざわざお越しくださるなんて、本当に心強いです」

「あー」嶋仲が腑《ふ》に落ちたような顔になった。「奥様がお呼びになったんですか」

「ええ。主人は自分の身になにかあったら、杉浦先生に頼むのがいちばんだといってましたから」

「まあたしかに……。杉浦先生は事件解決の功労者でしたからね」

優佳が口を尖《とが》らせた。「わたしはこの刑事さんたちに、ただアリバイをきかれた思い出しかありませんけど」

「とんでもない」嶋仲が優佳に微笑みかけた。「テレビで記者会見を拝見しました。杉浦先生を庇《かば》われたのは迫力ありましたよ。美しい友情だと署内で評判で」

思いもよらないことで持ちあげられたせいか、優佳は調子を狂わせた。「そりゃ李奈は友達なので……はい」

李奈は幸代夫人に歩み寄った。「昂然さんは黙って家をでられたとか」

「そうなんです。どこかへ行くにしても、わたしにひと声かけていくのがふつうなんですが……」

嶋仲が口を挟んだ。「とおっしゃっても、かならずしも毎回そうしていたわけではないんですよね？　さっきのお話では、近場にでかけるだけだったら、行き先を告げないこともあるにはあったと」

幸代がむっとした。「ですから今回は事情がちがうんです！　どんなに短い時間の外出でも、部屋をすべてきちんと片付ける人だったんですよ。でもきょうは……」

気遣わしげな幸代のまなざしが机に投げかけられた。机の上にはノートパソコンが開いた状態で置いてある。わずかに向きが変えてあり、李奈の立つ場所からは画面が見えなかった。しかしモニターが発光しているのはわかる。電源をいれたまま立ち去ったようだ。

嶋仲刑事が机に近づき、パソコンのモニターをこちらに向けた。

起動中のワープロは、お馴染《なじ》みのワードだった。上部リボンに記載された文書名は〝新規 Microsoft Word 文書〟となっていて、特に名前をつけられていない。下部リボンの表示も〝1／1ページ〟となっていて、モニターに映る範囲以外、つづきのページがないとわかる。

その画面内には奇妙にも、フレームいっぱいに〝軋轢《あつれき》〟という二文字のみが大書されていた。これもリボンに残る設定から、文字サイズを150ポイントに拡大したとわかる。パソコンのモニターに最大限の〝軋轢〟。異様な眺めにはちがいない。

篠井刑事が唸《うな》った。「保存もせずに、ただ軋轢とでかでかと書いて、そのまま家をでていったのか」

幸代が悲痛にうったえた。「こんなものはいままで見たこともありません。うちは子供もいませんから、わたしへのメッセージなんでしょうか」

嶋仲刑事が首を横に振った。「奥様、どうか落ち着いてください。そうお気にならずに。紙に気持ちを書き殴るという行為なら、老若男女問わずありうることですし、パソコンでそうする場合もあるでしょう」

「でも主人はスマホも置きっぱなしで、どこへ行くかも告げずに姿を消してしまって……。残るのはこの大書された二文字だけ。軋轢ってなんでしょう。主人はたしかに対人関係に無頓着《むとんちゃく》で、よけいなひとことが人の怒りを買ったりしましたけど、どこかでトラブルがあったんでしょうか」

「いまのところはまだわかりません。たしかに奇妙なことではありますので、いちおう署に戻って上に報告を……」

「まだ帰らないでください！　誰かにどこかへ呼びだされて、そのまま誘拐されていたらどうするんですか。犯人から連絡が入るかも」

「そうはいいましても……。スマホには着信履歴もなさそうですしね」

優佳が李奈に向き直った。表情にはなにも浮かんでいない。声をひそめ優佳が話しかけてきた。「李奈。これってさ……」

「……ええ」李奈はうなずいた。「たぶんそうだと思う」

「だよね？　ほかには考えられない」

篠井刑事が訝《いぶか》しげに問いかけた。「なんですか」

幸代や嶋仲刑事もこちらに向き直った。李奈は思ったままを言葉にした。「田中昂然先生はゲラを送りに行っただけかと」

「ゲラ？」嶋仲が見かえした。

「はい。本になる前の試し刷りみたいな紙の束……って、わざわざ説明するまでもありませんよね。初校と再校の二回、著者による直しがありますから、朱《あか》ペンで修正箇所を書きこんで出版社に戻すんです」

「なぜそう思われるんですか」

「推測ですけど、同業者なのでたぶん当たってると思います。その〝軋轢〟は、ゲラに修正を書きこむにあたり、漢字をど忘れしたんです」

「ああ……」嶋仲はモニターを眺めた。「こんなに大きくしたのは、漢字の偏《へん》や旁《つくり》をしっかり参照するためですか」

「田中先生は老眼でいらっしゃると思います。手もとの原稿と、傍らに置いたパソコンのモニターでは距離にちがいがあり、眼鏡の着脱が煩わしいでしょう。だから多少ぼやけていても見えるぐらい、文字を拡大しておけば書き写すのに便利かと」

優佳が控えめに苦笑いを浮かべた。「わたしもよくやります。老眼じゃないですけど、文字をでかくしておけばまちがいないので」

李奈もうなずいてみせた。「小説家あるあるです」

「でも」篠井刑事が李奈にきいた。「ゲラを郵送しにでかけたのなら、帰りが遅すぎませんか」

「出版社が返信用封筒に添えてくるのは、たいてい着払い宅急便の伝票です。作家から無料でゲラを送りかえせます。でもローソンではクロネコヤマトの宅急便を扱ってません。近所にはローソンしかないから、駅周辺のセブンかファミマまででかけたんでしょう」

優佳があとをひきとった。「駅前まで行けば、吸いこまれるように書店へ入っていき、そこで一時間は新刊を物色します。何冊か買ったら、家へ帰る前にカフェに寄って、コーヒー片手に読書を一、二時間。これまた作家あるあるです」

たぶんそうだろうと李奈は思った。「茅場町駅からここまでのあいだなら、雄峰堂《ゆうほうどう》書店兜町店がありますが、日本橋《にほんばし》の丸善《まるぜん》へ行くこともありうるし、人形町《にんぎょうちょう》の文教堂《ぶんきょうどう》書店に足を延ばしたりもするでしょう。カフェはスタバもドトールもありますし」

まだ幸代は腑に落ちないようすだった。「そうおっしゃられても、パソコンを点《つ》けっぱなしにしていくなんて」

「ゲラの締め切りが明日で、きょう最終の集荷に間に合わせるため、急いででかけたんです」

玄関に靴音がした。田中昂然のなにげない声がきこえてきた。ただいまぁ。

幸代が目を丸くした。廊下を足音が近づいてくる。先にドアから顔をのぞかせたのは制服警官だった。制服警官がわきにどくと、カジュアルなジャンパーにスラックス姿の白髪頭、田中昂然が入室してきた。表情は平然としている。手には丸善の袋をぶら下げていた。

「な」幸代が憤った。「なにしてるの！　黙ってでかけたりして！」

「あん？」田中は眉《まゆ》をひそめた。「いつもどおりゲラを送りかえしてきただけだ」

「その〝軋轢〟はなによ」

「軋轢？　ああ」田中がノートパソコンをぱたんと閉じた。「こんなもんはなんでもない」

「漢字がわからなかったの？」

頑固な中高年男性にありがちだが、無知や無学とみなされるのは我慢ならないらしい。田中は険しい顔つきになった。「漢字などわからんはずがない」

嶋仲刑事が咳《せき》ばらいをした。「田中先生。反発なさるとそのパソコン画面について、なにか納得のいく説明をきく必要が生じます。私どもとしては、そこまで望んでいません。杉浦先生や那覇先生によれば、作家あるあるだそうですし、お認めになれば私どもは引き揚げますが」

沈黙がひろがった。田中は一同の顔を見渡した。どうやらようやく自分が面倒を引き起こした張本人と悟ったらしい。なおも不服そうな面持ちながら、田中はためらいぎみに首を縦に振った。

嶋仲がため息をつき、篠井をうながした。「行こうか」

篠井もうなずいた。「奥様、またなにか気になることがありましたら、遠慮なくご連絡を。ご主人が無事でよかったですね。それでは」

ふたりの私服と制服警官が立ち去っていく。幸代が申しわけなさそうに深々とおじぎをする。

だが田中はまた自分が馬鹿にされたのではと思ったらしい。「私は認知症の徘徊《はいかい》老人かなにかか？　そんな心配などされんでも……」

幸代が怒鳴った。「いい加減にして！　五分や十分で戻れないのなら、スマホを持っていきなさいよ。いつもいってるでしょ！」

妻のすさまじい剣幕に、田中は一転してたじたじになった。「いや、最初はそのつもりだったんだが、つい本屋に寄ってしまうこともあるだろ」

「カフェもでしょ」

「……なぜわかる？」

幸代は呆《あき》れ顔を李奈に向けてきた。それでも冗談めかした態度から、彼女自身ほっとしているのがわかる。優佳が苦笑いを浮かべた。李奈も優佳に倣った。

ドアに向かいながら幸代が吐き捨てた。「晩ご飯は遅くなるわよ。いまから支度するんだから」

「お、おう」田中は体裁悪そうに頭を掻《か》きむしった。妻が退室すると、取り繕うようなさばさばした態度で、田中が買ってきた本を袋から取りだした。

李奈は話しかけた。「どんな本をお買いになったんですか」

大きな菊のご紋が入った箱にハードカバーがおさめてある。田中は満足そうにいった。「旧日本海軍の詳しい資料でな。小銃から艦船まで図解つきで網羅してある」

そういえば田中は愛国保守を信条に掲げる作家だ。近ごろはミステリより戦記ものが多い。正直なところよくわからないが、無反応でもいられない。李奈はいった。

「零戦に関する小説は大ベストセラーでしたね」

「そうとも！　製造以前の設計段階から深く掘り下げたのは私ぐらいだ」田中は書棚のガラスを横滑りに開け、新たに買った本を蔵書に加えた。「きみのような若い女性作家も、苦手だからといって、こういうものを知らないままじゃいかん。空母の本を貸してやろうか。ＫＡＤＯＫＡＷＡには『艦これ』ってのがあるんだろ？　軍艦好きな女の子のゲームだとか」

軍艦好きではなく、女の子そのものが軍艦だ。だが李奈もよく知らなかった。「ぜひまた次の機会に……」

「それはそうと、分析のほうは進んどるかね？　『バスカヴィル家の犬』の」

「いえ……。マクラグレン教授のほうに辞退を申しいれましたので」

「ほう。なぜかね」

李奈はまたも戸惑った。田中は記者会見を観ていなかったらしい。態度から察するに、魔犬との遭遇動画についても知らないようだ。ゲラ直しで忙しかったからだろう。李奈はおずおずといった。「あのう、不可解なトラブルが起きるので、周りに迷惑がかかってはいけないと……」

田中はろくに聞く耳も持たず、丸善の袋を机の上に置くと、李奈に向き直った。

「なにがあったか知らんが、辞退の申し出なんか撤回すりゃいい。こんな面白い仕事はほかにないぞ。まずはロビンソンの原稿を誰かに和訳してもらうべきだ」

李奈は優佳と顔を見合わせた。複雑な思いが生じる。たしかに途中で投げだすのは不本意ではある。『バスカヴィル家の犬』の著者についても、真実が知りたい気持ちに変わりはない。

躊躇《ちゅうちょ》しつつも李奈は田中に告げた。「和訳はしてもらいました。国際文学研究協会事務局の美和夕子さんが協力してくださって」

「ああ。美和君ならまちがいないな。いま持っとるかね」

「……はい」李奈は大きめのハンドバッグから、コピー用紙の束をとりだした。ロビンソン作とされる『バスカヴィル家の犬』の日本語訳、その全文を田中に差しだす。

田中は肘《ひじ》掛け椅子に腰掛けた。引き出しのなかをまさぐり、とりだした老眼鏡をかける。

椅子のわきに立ち李奈は説明した。「ロビンソンは執筆時を、そのまま作中の設定にしてます。だからこの物語は一九〇一年の春ごろが舞台です」

「なるほど」田中が文面に目を走らせた。「しかしこれは……。うむ。ちょっとひっかかる箇所もある」

「〝日本との同盟の是非が論じられる〟とあるな？　だが第一次日英同盟は翌年一月じゃなかったか」

「そうです。〝同盟の是非が論じられる〟のだから、同盟が締結される前段階でしょう。美和夕子さんも指摘なさっていました。一九〇一年三月に、日英独三国同盟締結の可能性がドイツ政府によって示唆されたことの反映だって」

「妙だな。たしかに歴史上の整合性は問題ないが、日本のことなど、当時の大英帝国がたちまち報じたかな」

「すみません。どういう意味でしょうか……？」

田中は老眼鏡を外した。「私もよく海外旅行に行ったもんだが、欧米で常々感じることには、とにかく日本のニュースをやらない。たとえば日本人は、大リーガーとして活躍しとる大谷翔平《おおたにしょうへい》を、アメリカでも有名だと思っとる」

「ちがうんですか」

「ちがうな。ではきくが、杉浦さんは知っとるのか。中日のアキーノ、巨人のウォーカー、ヤクルトのオスナ、広島のマクブルーム……」

李奈は当惑を深めた。「あ、あの。野球には詳しくなくて」

「どこですか」

「だろ？　プロ野球ファンなら知っとるだろうが、国民全般からすれば限定されとる。しかし日本国内においては、大リーガーになった日本人の名は、野球好き以外にもことさらに喧伝《けんでん》される。だからアメリカで知られて当然と思いこむ。ところが向こうでも外国人助っ人選手の名はそんなに報じられん。政治や経済分野の話題もそうだ」

「あー」優佳が同意をしめした。「わかります。むかし家族でロサンゼルス旅行中、ホテルのニュースを観てましたけど、あっちじゃ日本のことなんかほとんどなにも……。帰国してから総理大臣が代わってるのを知りました」

「そんなとこだ。触れたとしても海外トピックのひとつで、ちょっとテレビから目を離したすきに終わってしまう。スキャンダラスなことじゃなきゃ、そもそもニュースにとりあげたりもせん」

優佳が悪戯《いたずら》っぽく笑った。「でも李奈が犬に追いまわされたことは知られてるようですよ」

「犬？」

李奈は優佳を咎《とが》めた。「しっ。そんな話はいいから」

田中が気にしたようすもなくつづけた。「現代ですらアジアに無関心なのがアメリカやイギリスだ。百二十三年前は推して知るべしだろう」

「でも」李奈は田中を見つめた。「英国文学史検証委員会が原稿内の時代描写をすべてチェック済みで、一九〇一年三月ごろの執筆と断定されてます。当時の新聞報道などと詳細に照らし合わせ確認したと」

「そこが盲点じゃないかと思う。どの国も都合のよい歴史修正をおこないがちで、諸外国から批判されたりするが、米英はなんら悪びれん。批判などどこ吹く風という独善ぶりだ」

「独善……」

「原爆投下が終戦のため必要な行為だったと信じるアメリカ人は多い。そういう教育を受けとるからな。それと同様に、都合の悪かった歴史を片っ端から修正するのに、なんの後ろめたさも感じとらん。『ナイル殺人事件』の再映画化で、ポアロが黒人女性に惚《ほ》れていたことにする国だぞ」

「あれはポリコレの一環ですよね……」

「そうだ。よくいけしゃあしゃあと改変できるなと思うが、映画に限らず、米英では教育内容すら都合よく歪曲《わいきょく》する。さすがに黒人を奴隷としてアフリカから連れてきた事実を、完全に隠蔽《いんぺい》することはできん。だがささいな問題なら解釈のちがいで覆い隠せる」

「ささいな問題とおっしゃると？」

「大英帝国の勢力圏外を蔑視《べっし》してきた姿勢など最たるものだ。ホームズもロンドンの貧民街を見下したりするだろ。あれは当時のイギリス人にとって、ごくふつうの感覚だったんだろうな。東洋といえばインドか中国。日本は大英帝国の植民地でもない極東の小国で、国名か地域名かも理解できちゃいない」

たしかに『赤毛連盟』では、日本の文化たる入れ墨を見て、中国帰りの人物だとホームズが珍妙な推理を披露したりする。しかしそれは執筆が時間的に追いあげられる連載小説の宿命だったかもしれない。李奈はいった。「新聞社ならもっと慎重だったと思いますが」

「そうかね？　私はちがう意見だ。いまのイギリス人は、過去数百年間も自国が他国を平等に扱ってきたと信じとる。極東情勢も『タイムズ』紙がきちんと報じたはずだと。しかしそれは歴史修正だ。日本人の目からすれば正しい姿がわかる。大英帝国のマスコミは思いあがっていた。日本など軽視しとったし、尊重もしとらんかった」

「日英同盟締結が報道されなかったとおっしゃるんですか」

「見下げた極東の小国との同盟を、ただ模索しとるだけの前段階では、『タイムズ』紙などがとりあげたとは思えんな。実際に締結されたときに、ようやく小さな記事になったぐらいだろう。だが現代のイギリス人はそこに目をつむりがちだ。過去の差別意識が掘り起こされるのは都合が悪い。だからまともにたしかめようともせん」

「……英国文学史検証委員会が当時の報道を網羅してないと？」

「不都合な真実だからな。日本などについての描写は、どうせ歴史上の整合性を確認するにとどまっとる。新聞報道もなされたにちがいないと思いこんどる。あるいは記事が見つからなかったが、それを伏せとる可能性もある。どこかで報じられただろうと楽観的にみとるだけかもしれん」

「そんな可能性はどれぐらいの確率でしょうか？」

「私はかなり高いと思う。アガサ・クリスティの素晴らしい小説の世界観を破壊し、当時ありえんポアロと黒人女性のロマンスを展開させるていどにはな」

田中の言いまわしには、やや強引な断定調が多く含まれる。どこかシャーロック・ホームズっぽさがあるし、その生みの親のコナン・ドイルっぽい強弁にも感じられる。ドイルに心酔する田中昂然ならではの演説かもしれない。

けれどもけっして無視できないところがある。現代のイギリス人が信じるほど、当時の報道に平等の意識がなかったら？　日本人からすれば、欧米はときに極東の文化を軽視しがちだと感じるが、向こうが想像以上にそのことに無自覚だったら？　よく知らない極東の小国との同盟について、模索段階ではニュースにならないと判断することは、たしかにありえたかもしれない。どこも報じなかったら、政治活動家ではあっても政治家でなかったロビンソンは、小説の執筆に際し情報を知りえない。現代のイギリス人がそこを深く追究せず、歴史上あったできごとだから当然報じられたはずだという、そのレベルの認識にとどまっていることも、おおいにありうる。

李奈のなかに湧き立つものがあった。「ありがとうございます、田中先生……。勉強になります」

田中は満足げに椅子にふんぞりかえった。「どうかね、杉浦さん。辞退とやらを撤回してみんかね。私はあなたが今回も名推理を披露してくれるのを、心から望んどるよ」

優佳が声を弾ませた。「賛成！　李奈。やっぱやりますって英国大使館に伝えなよ」

「だけど」李奈は当惑を募らせた。「そうバイトみたいに簡単には……」

「おんなじだって。記者会見で舐《な》められっぱなしでいいの？　犬を怖がって逃げまわるなんてオバＱじゃん。わたしは李奈になにもかもひっくりかえしてほしいの！」

また気軽にいってくれる……。そう思いながらも、子供のように目を輝かせる優佳を見かえすうち、ひとつの決心が胸のうちで燃えあがった。たしかに引き下がるのは嫌だ。日本人にはわからないと及び腰になっていたが、田中のいうとおりイギリス人が知らず、日本人が知ることもあるかもしれない。

「そうだよね」李奈は静かにうなずいた。「このままじゃヒネりがない小説みたい。よく編集者さんにもいわれたもん。逆転がなきゃ面白くないって」

15

田中昂然がいろいろヴィクトリア朝ロンドンの資料を見せてくるため、李奈と優佳は帰るタイミングを逃した。幸代の声は、お食事ができましたよとさかんに呼びかけていたが、田中は無視しつづけた。やがて幸代が憤りをあらわに乗りこんできて、怖《お》じ気づいた田中が降参の意をしめし、ようやくお開きになった。

夜十時すぎ、外にでると雨が降っていた。李奈が持ってきた折りたたみ傘に、優佳も一緒に入った。暗い路地に嫌な予感はしたものの、ちらほらと帰宅を急ぐスーツ姿を見かける以上、今夜はだいじょうぶかもしれない。

優佳との相合い傘で歩きながら、李奈はスマホで美和夕子に電話した。夜分遅くすみません、李奈がそう挨拶《あいさつ》すると、いいのよと夕子はいった。

　李奈は田中昂然説を伝えた。日英同盟の前段階、しかもドイツ政府の示唆ぐらいでは、極東を軽視する大英帝国のマスメディアが報じたとは思えない。それが田中の持論だった。

　夕子の声が神妙に応じた。「なるほどね……。ありうるかもしれない」

「美和さんもそう思われますか」

「たとえばね、うちの調査で判明したのは、『タイムズ』『ガーディアン』『デイリーテレグラフ』の三大紙が、二〇〇〇年までいちども日本の大奥について記事にしたことがなかったって事実。そのせいで二十世紀末のイギリス人は政治家や外交官ですら、大奥とはどういう制度だったか知らなかったりしたの」

「情報がなにもかも当たり前に伝わるわけじゃないんですね」

「アメリカ人にスキヤキが有名ってのも、日本人の思いこみかもね……。しゃぶしゃぶやお寿司にくらべて、じつは認知率がかなり低いの」

「へえ……。意外です」

「ネットの世のなかになって、翻訳機能も高性能になりつつあるから、現代は情報が国境を越えやすくなってる。でも百二十三年前の大英帝国が極東に無関心で、日英同盟の前ぶれは報じていなくて、現代のイギリス人研究者がそれを見落としているってのは……。直感的にありうる気がする」

「どうすれば事実をたしかめられるでしょうか」

「一九〇一年時点では、三大紙はぜんぶ創刊済みだったけど、デジタルアーカイブ化はせいぜいここ半世紀ぶんぐらいだったような……。日本ですべて揃えてるところはないと思うし、やっぱりあっちへ行かないと」

「イギリスへですか……？」

「そう。大英博物館の国立歴史資料保管棟、報道記録室をあたれば、当時の新聞を参照できると思う。でもうちとは直接のつながりがなくて……」

「そこまでご迷惑はかけられません。ええと、よく考えてみます。本当にありがとうございます……」

丁寧に繰りかえし礼を述べ、李奈は通話を切った。思わず深いため息が漏れる。

「イギリスへ行かなきゃわかんないって……」

並んで歩く優佳は満面の笑みを浮かべた。「行けばいいじゃん」

「そんな簡単に……」

「なんで？　わたしたちは時間が自由になるフリーランスで、しかもかなりの高収入に恵まれてるんだよ？　李奈はぜんぜんお金を使わないし、貯まる一方でしょ」

「……優佳も一緒に行ってくれるの？」

「んー。ふたり旅もよさそうかなって思ったけど、やっぱやめとく」

「なにそれ」

「だって李奈は旅費を経費として計上できるだろうけどさー。わたしは自分の仕事じゃないから、たぶん無理でしょ。旅費は全額、可処分所得を削って払うことになっちゃう」

「わたしのも経費になるのかな……？　マクラグレン教授から、薄謝で名誉が報酬ときかされてたし、KADOKAWAや講談社の売り上げに必要なことでもないし。認められないかも」

「税理士さんに相談するしかないね」優佳はしばし黙りこんだのち、また愉快そうに笑った。「ふたりでこんな話をするなんて、ちょっと前まで夢にも思わなかったね。おぼえてる？　去年のいまごろ、二割引や三割引じゃなくて、半額のスーパーを求めてさまよったのを」

李奈も笑った。「もちろんおぼえてる。店ごとにタイムセールの時間を把握しまくってたよね」

「そう！　夏場はよく図書館に涼みに行ったよねー」

「いまはもう恵まれてんだから頑張らないとね」

「んー」優佳は多少不満顔だった。「まあ、そうかな……。仕事頑張るしかないのか。考えると憂鬱《ゆううつ》になってくる。売れなかったままのほうがよかったかも」

「ほんとに？」李奈は同意しかねた。「野菜炒《いた》めがほんとに野菜ばっかりの毎日だったのに……？」

「わはは。もっと優雅に生きたいけど、櫻木沙友理さんレベルまではまだまだかなぁ。吹き抜けの部屋でトイプードル飼ったり……」

まるでトイプードルという発言に呼応するかのように、いきなり野太い犬の唸《うな》り声がきこえてきた。「ヴゥー」

ふたりともすくみあがった。人通りの途絶えた路地、小雨のなかに、黒々とした四足の巨体が立ち塞《ふさ》がっていた。例の魔犬だ。マスティフとブラッドハウンドの雑種らしき顔が、闇に紛れず見てとれるのは、緑いろの光でおぼろに照らされているからだ。また口もとから人魂のような炎を吐いている。

「で」優佳があわてだした。「でた。でたよ、李奈」

よりによっていまこの瞬間、ほかには誰も通りかからない。路地には李奈と優佳、それに牛のような犬だけがいた。犬が接近してきた。徐々に速度があがってくる。鳥肌が立ったのはたしかだが、さすがに三度目になると、李奈もあるていど状況に慣れてきていた。遭遇を事前に予測していたためか、心拍の速まりを自覚するものの、いままでよりは視界に映る情報を冷静にとらえている。

幻ではない。犬はたしかにここにいる。人魂のような炎は、どうやらネット上でささやかれたとおり、首輪の水蒸気とLEDのなせるわざらしい。すなわちこれはただの犬だ。じっくり考えて結論をだしておいたとおりといえる。やはりふつうの大型犬だった。

そうはいっても接近してくる巨大な図体に肝が冷える。優佳は縮こまって震えながら、李奈にぴったり身を寄せてきた。

だが李奈はきめてあった対処法のとおり行動した。傘をさしたまま、優佳とともにしゃがみ、犬と同じ目の高さになる。大きめのハンドバッグからとりだすのは、サランラップに包んだプラスチック製ボウルだった。ラップを剥《む》くと、ボウルのなかにドライタイプのドッグフードが山盛りになっている。それを目の前の路上に置いた。

逃げようとする優佳に手をまわし、しっかりと引き留める。大声をだすべきでもない。あの記者会見のあと、『いぬのきもち』の記者に相談した。斉藤記者の意見によれば、これだけの大型犬を路地に放つ以上、かなり飼い慣らしてあるのではとのことだった。

優佳が怯《おび》えたようすでささやいた。「わたしたちを襲えって、飼い主から命じられてるんじゃなくて？」

「それはない」李奈はいった。「『バスカヴィル家の犬』の犯行の描写は正しくない。もともと犬の視力は低いの。目の悪い犬が、暗闇のなか長い距離をダッシュして獲物に襲いかかったりしない。警察犬みたいに、すぐ間近に飼い主が立って、目の前の標的を襲うよう命令しないかぎりは」

「その情報正しい？」

「『いぬのきもち』の斉藤さんにきいた」

魔犬が距離を詰めてきた。やはり途方もない迫力だ。それでも吠《ほ》えたりはせず、絶えず路面を嗅《か》ぎながら前進し、けっして歩調を速めない。

数メートル以内から見ると、やはり首輪についたLEDの照らす水蒸気が、はっきり視認できる。犬はドッグフードに気づいたらしい。その手前でとまり、しきりににおいをかぎだした。

こういう状況になったら試すべきひとことがある。李奈は鋭くいった。「まて」

犬が顔をあげた。目が合った瞬間、李奈はひやりとした。怒りとともに飛びかかってはこないだろうか。

ところが犬は牙《きば》を剝くこともなく、ドッグフードを前にお座りの姿勢をとった。

優佳がつぶやいた。「嘘……」

李奈はため息をついた。斉藤記者がいったとおりだ。飼い慣らされた犬なら、真っ先に〝まて〟が教えこまれている。人への攻撃を防ぎ、交通事故や誤飲を避け、あらゆるしつけの基本にもなるからだ。ただしふつうなら飼い主のいうことしかきかない。それでも李奈に寄ってくるのには、ドッグフード以外にも理由がある。

あらためて李奈は声をかけた。「よし」

すると犬はボウルのなかに顔をうずめるように、ドッグフードをむさぼりだした。緑いろのLEDの光線が上下する。水蒸気がまるでボウルから立ち上る湯気のごとく見える。

ようやく緊張が解けたらしく、優佳が額の汗を拭《ぬぐ》った。「よかった……。犬じゃん。ただの」

しかもかなり利口で人なつっこくもある。野良犬だった過去があれば見てわかると斉藤記者はいった。その場合は静かに下がって距離を置けばいい、そんな助言を受けた。しかしいまここにいる犬は、おそらく生まれたときからしつけられ、飼い慣らされてきたのだろう。人間への強い信頼感が見てとれる。

にわかに路地がまばゆく照らしだされた。ヘッドライトが接近してくる。セダンだとわかった。李奈たちに気づいたらしく速度を落とす。

「まて」李奈は犬の食事を中断させると、ボウルを持って道端へと移動した。「おいで」

規格外の大型犬はおとなしく李奈についてきた。李奈と優佳、大型犬が路肩に待機すると、セダンが目の前を横切っていった。

問題はセダンの後ろにつづく車両だった。徐行するセダンを煽《あお》るかのように、軽トラが猛スピードで駆け抜けていく。妙に必死に思えた。荷台は幌《ほろ》が覆っていたが、通過した直後、後部から幌のなかがのぞけた。大きな檻《おり》がおさめてあった。

すぐに李奈はナンバープレートに目を転じた。しかしプレートは上へ折り曲げてあり、表記がいっさい読みとれなかった。十字路に差しかかると、軽トラはそれ以上セダンの後を追わず、左折し猛然と走り去った。

優佳が怒りを漂わせた。「いまの……。飼い主じゃね？」

たぶんそうだろうと李奈は思った。しっかり飼い慣らした犬だからこそ、都内の路地に放っても操れた。とはいえそのためには、飼い主も近くで控えている必要がある。斉藤記者が教えてくれた。『バスカヴィル家の犬』のように、はるか遠くから放《はな》ったのでは、犬は戸惑ったように路面を嗅ぎまわるだけだという。

飼い主が見えない場所に潜んでいたのはたしかだ。軽トラの駐車位置からは、相応に距離があったと考えられる。それでも犬は李奈までまっすぐ走ってきた。そこだけ考えれば不可解な事象だ。

犬が甲高い小声でクウンと鳴いた。李奈の足もとで餌を要求するように見上げてくる。ボウルを路面に置いてやった。ところがまだ犬は李奈を仰ぎ見る。よしと声をかけたが、犬は食事を再開しない。よく見ると犬の視線は李奈というよりも、肩から下げたハンドバッグに向いている。

優佳がふしぎそうな顔になった。「なに？　ドッグフードのにおいが染みついちゃったとか？」

においの対策は充分にしておいた。李奈はハンドバッグを顔に近づけた。やはりなんのにおいもしない。

ただし犬がまっすぐ接近してきた原因はわかった。事前におおよそ見当はついていた。いま杉浦李奈の推論が正しかったと証明された。

なんにせよ魔犬の恐怖は過去のものになった。李奈は犬の肩から背中をそっと撫《な》でた。「まずはこの子をうちに帰してあげないとね。どこに頼めばいいんだろ……」

16

まだ早朝だった。雨は降っていなくても厚い雲が覆っているせいで、空はずいぶん暗かった。しかし都内にくらべると、ずいぶん広大な空に感じられる。建物がまばらなせいだろう。

李奈は眠い目をこすりながら、覆面パトカーの後部座席に揺られていた。隣では優佳が寝ている。田園地帯に延びる道路を、複数のセダンが一列になって進む。ただし警察車両ばかりではない。前方を見ると、トラックの荷台に据えられた檻のなか、牛のように大きな犬が揺られている。警視庁を出発したときには寝そべっていたが、いま元気に立ちあがっているのは、馴染《なじ》みの家に近づいたと感じたからかもしれない。

前部座席はふたりの刑事だった。助手席の四十代、江郷《えごう》刑事が振りかえった。「朝早いので東関道も空いてたし、思ったより早く着きましたね。物々しいのは申しわけありません。現地の佐倉《さくら》署のパトカーが合流したので」

李奈は微笑とともに応じた。「わたしはかまいませんけど、ルークが疲れちゃうんじゃないかと心配でしたが……。だいじょうぶみたいですね」

ルークは檻に入った大型犬の名だ。ネットの公式サイトで画像が確認された。これまで情報がでまわっていなかったのは、ルークが大きすぎてほかの犬と一緒にできず、非公開の扱いだったからだ。

運転席の三十代、徳平《とくひら》刑事が前方を指さした。「着きました。ここだ」

その声に反応するように、優佳が身体を起こした。伸びをしながら優佳が、アーチ型の看板に書かれた字を読みあげた。「八街《やちまた》わんわんランド……」

四方を田畑に囲まれた、ここ自体も資材置き場のような一角だった。もっと動物園っぽい立派な外観を想像していたが、手作り感にあふれた施設といえる。

アーチ看板は手製にペンキで手書き。その先は土が剝きだしの地面だった。傍らにプレハブ平屋が建っている。サッシ窓がチケット売り場を兼ねているらしい。屋外に簀《す》の子が敷いてあるのが園内通路だった。その先にはいくつもの檻が無造作に置かれ、それぞれに犬がいる。さらに継《は》ぎ接ぎだらけの錆《さ》びた柵《さく》が囲む広場があった。そこではあらゆる種類の犬がひしめきあい、絶えず吠《ほ》えまくっている。ハスキーやイングリッシュポインターのような大型犬から、コッカースパニエルやコーギーといった中型犬、テリアやシーズーなどの小型犬までが、互いに喧嘩《けんか》せず仲良く群れている。より小さなチワワや豆柴《まめしば》までいた。

犬たちが興奮ぎみに吠えるのは、朝食の時間だからかもしれない。作業着姿の女性がふたり、餌をあたえながら広場内をめぐっている。大中小の犬の集団が尻尾《しっぽ》を振りつつ追いかけまわす。やたら賑《にぎ》やかだが近隣には住宅一軒見あたらない。この環境なら犬たちにストレスはあまり溜《た》まらないかもしれない。

女性従業員がもうひとり、プレハブ平屋の前を掃き掃除していた。犬の群れがうるさいせいか、アーチの外に車列が停まったのに気づかないらしい。降車した刑事らが女性に歩み寄っていく。

李奈と優佳も車外にでた。都内よりは肌寒く感じる。別のクルマに乗っていた菊池が歩み寄ってきた。やはり眠そうだった。目の下にくまができている。

優佳があきれたようにいった。「菊池さん。徹夜でつきあう必要なかったんじゃないですか」

「そういうわけにいかんだろう」菊池はスーツの襟もとを整えた。「俺は杉浦さんの担当編集だからな」

「またぁ……。売れる前はほったらかしだったくせに」

「そんなことはない。杉浦さんは売れるとわかってたよ。那覇さんもだ。大事な作家ふたりが危険な目に遭うかもしれんのに、ほうっておけるわけがない」

「とかいって、お巡りさんが山ほど付き添ってるから、なんら不安はなかったんですよね？　もし李奈が直木賞を獲《と》り逃がしたら、とたんにてのひらがえしとかじゃなくて？」

「だから俺はそういう人間じゃ……」

　李奈はふたりのもとを離れた。優佳と菊池のふざけあいに耳を傾けていても意味がない。それよりいまはききたい会話がある。刑事らが女性従業員を囲むプレハブ平屋前に、李奈は近づいていった。

　江郷刑事が女性に話しかけていた。「そういうわけで、朝っぱらからすみません。この紙は捜索差押許可状。ルークというのはこちらで飼われている犬ですね？　都内を徘徊《はいかい》していたことに関し……」

「ルーク？」女性が眉《まゆ》をひそめ、アーチ越しに車列に目を向けた。とたんに女性の顔に喜びのいろがあふれた。「ああ！　ルーク！」

　広場にいたふたりの女性も振りかえった。トラックの荷台にルークの姿をみとめると、やはり歓喜をあらわに駆けだしてくる。

徳平刑事が女性らを押しとどめた。「まってください。まずはちょっとお話を……。あれはこちらの犬ですよね？」

女性のひとりが興奮ぎみにうなずいた。「そうです。先週、体調を崩したとかで、動物病院に入院してるとききました。でも……」

別の女性がいった。「きのう騒ぎになった動画に、ルークが映ってて……。都内をうろついてると知ってびっくり。動物病院のほうからは、いつの間にか脱走したとかで。警察に相談したんです」

佐倉署の所属とおぼしき刑事が、申しわけなさそうに江郷と徳平に報告した。「うちで確認を進めていたところで」

江郷が目を怒らせた。「なぜ中央署に連絡しなかったんですか」

「それがどうも、ルークという大型犬が入院したという、動物病院に連絡がとれず……」

「どういうことです。入院の記録がなかったんですか」

「記録というより、動物病院そのものが半年前に潰《つぶ》れてるんですよ。電話ももちろん通じません」

女性たちは驚きの顔を見合わせた。ひとりが困惑ぎみにつぶやいた。「でも霜竹《しもたけ》さんが……」

　李奈は話しかけた。「すみません。ルークの具合が悪くなったというのは、その霜竹さんから報告を受けただけですか」

「あ」女性のひとりが指さしてきた。「記者会見にでてた人……」

　別の女性がいった。「裏にある檻《おり》の犬は、ぜんぶ霜竹さんが世話してるんです。そっちはお客さんが入れない区画で」

　江郷刑事がたずねた。「動物病院の手配も霜竹さんですか」

「はい。わたしたちは忙しいので、裏にいる犬はまかせっきりです」

「霜竹さんはどこにおられますか」

「もう来てると思いますけど……。ここ、開園は九時なんですが、早くから出勤して清掃しないといけなくて。どこ行ったのかな」女性が大声で呼びかけた。「霜竹さーん！」

　そのときプレハブ平屋から、ひょろりと痩《や》せた体形の作業着が、視線を落としながら現れた。眼鏡をかけた色白の男だった。年齢は三十代前半ぐらいか。くせ毛が伸び放題で、なんとなく内気な感じがする。女性の呼ぶ声をきいて現れたわけではなさそうだ。やはり犬の咆哮《ほうこう》のせいで外のようすに気づいていない。身をかがめ、ズボンの裾《すそ》を長靴に押しこむと、モップを片手に立ちあがった。やおら外にでてきて、ようやく面食らったような表情を浮かべる。刑事たちの目は霜竹に釘付《くぎづ》けになっていた。

するとと菊池の声が耳に飛びこんできた。「小宇都さん？」

刑事らが妙な顔で菊池を振りかえった。菊池が唖然《あぜん》としながらたたずみ、霜竹をまじまじと見つめる。ふたたび刑事たちは霜竹に向き直った。霜竹は気まずそうに目を逸《そ》らし、少しずつ後ずさりした。

李奈は衝撃を受けた。「菊池さん。小宇都さんって……？」

「小宇都洋平さんだよ」菊池は事情を理解していないらしく、霜竹に対し愛想よく声を張った。「小宇都さん！　日本文藝家協会のパーティーでお目にかかりましたよね。KADOKAWAの菊池です。その節はどうも……」

優佳が血相を変え、菊池を押しのけるように前にでた。「小宇都洋平さん⁉　『花菱』の？　なら今回の直木賞候補じゃん！」

愕然《がくぜん》としたのは刑事たちだけではない。女性従業員らも知らなかったことは、その仰天の反応を見れば明白だった。

李奈も言葉を失っていた。小宇都洋平。朝早くから餌やりの仕事。においがとれない。あれは牧場ではなく、ここでの勤務のことだったのか……。

徳平刑事が歩み寄った。「霜竹さん。ペンネームは小宇都洋平さんですか。詳しく話を……」

ところが霜竹はいきなり身を翻し、園内へと駆けこんでいった。犬が吠えまくる檻の狭間を、奥の広場へと疾走していく。

刑事たちはただちに追跡を開始した。だが霜竹は柵を乗り越え、広場へと突入した。何十四もの犬が興奮したようすで、わらわらと霜竹に群がる。刑事らも広場のなかに飛びこんだ。犬たちが騒然と吠えるなか、霜竹がモップを振りまわし、必死に抵抗する。広場は犬たちを巻きこむ大パニックになった。

「畜生！」霜竹が怒鳴り散らした。「おまえらみたいな本を読まない奴らに、俺の気持ちがわかるか。俺のなんたるかがわかるか！」

『花菱』にでてくる台詞《せりふ》だ、李奈はそう思いながら柵に歩み寄った。優佳や菊池も横に並んだ。柵越しに見守っていると、刑事たちがじりじりと包囲網を狭めていった。やがて徳平が姿勢を低くしながらタックルを食らわせた。霜竹が押し倒されるや、佐倉署の刑事らが飛びかかった。たちまち霜竹はねじ伏せられた。犬たちが周囲を駆けまわり吠えつづける。

江郷刑事は大きめのハンドバッグを手に歩み寄り、霜竹を見下ろした。「これを杉浦さん宛てに送りつけたのはあなたか」

ハンドバッグが裏返される。底板は幅三十センチ、奥行十センチほどだが、すでに引き剝《は》がされていた。その裏側には十センチ四方ほどの金属板が貼り付けてある。正確には板状の精密機器だった。

睡眠学習のいかがわしい商品としても売られている。李奈のバイト先、ローソンの店長が持っていたチラシにもあった。だがそれ専用に開発された物ではない。単なる電池内蔵のワイヤレス極薄スピーカーで、秋葉原の小売店では四千円ていどだ。内蔵する発信器は携帯電話と同一のメカニズムで、電話番号が割り当てられていた。ワイファイ接続だけでなくケータイ電波にも対応。スマホと同じく位置情報も割りだせる。

霜竹は離れた場所から電話で、犬笛の音いろを再生したようだ。人間の可聴域は二万ヘルツまでだが、犬笛は三万ヘルツに達する。すなわち犬にしかきこえない甲高いノイズ。その音に駆け寄るように訓練されていれば、犬は条件反射的に行動する。

大型犬が犬笛に近づいてくるからには、犬笛の音を発する人物に心を許している。〝まて〟の合図が効き、ドッグフードの餌付けが可能だろうと予想できた。

マンションのロビーで、李奈はハンドバッグを持っていなかったが、なぜか犬はエントランスに近づいてきた。じつはあのとき犬が追いまわしていたのは優佳だった。優佳のポーチにも同じ物が内蔵されていたからだ。

もともとスピーカーとマイクの仕組みは共通している。よって内蔵スピーカーはマイクにもなるゆえ、盗聴器としても使える。というより本来、霜竹が偽名で女性作家らにプレゼントを送りつけたのは、盗聴が目的だったらしい。李奈が講談社で打ち合わせ中、霜竹は電話で盗み聞きをし、次回訪問の日程を知った。絶えず李奈の位置情報を把握し、ルークを積んだ軽トラで追いまわし、ひとけのない路地に放《はな》った。

李奈が建物のなかにいて、ルークと遭遇できなかったこともある。目黒区の国際文学研究協会事務局がそうだった。唸《うな》り声が耳に届いただけだが、美和夕子にはきこえなかったのは、年齢差に生じる可聴域のちがいと考えられる。高音ほどではないが低音も加齢とともにききにくくなる。霜竹が意図したことではなかったかもしれない。だがそのせいで李奈は自分の幻覚を疑う羽目になった。

昨晩のうちに警視庁で捜査が進んだ。盗聴用の電話番号からつながった先が、NTTドコモのデータ開示により判明した。GPSアプリをモニターしていたスマホも突きとめられ、位置情報からこの場所が割りだされた。

小宇都洋平こと霜竹が、刑事たちに押さえこまれたまま、暴れながらわめいた。

「そんなもん知るか！　流行《はやり》に迎合する選考委員たちが悪いんだろ！　十代の少女に芥川賞をやれば話題になる？　タレントに直木賞を獲《と》らせればマスコミがとりあげる？　文学ってのはそういうもんじゃないんだよ！」

優佳が表情を曇らせた。「あの人、李奈に直木賞を奪われるんじゃないかって……」

菊池はため息とともに柵《さく》に背を向けた。「だろうな。杉浦さんが自作自演の魔犬騒動を起こしたと噂されれば……。イロモノ扱いになって選考の対象から外れるとでも思ったんだろ」

なんともいたたまれない。李奈は言葉を失っていた。『バスカヴィル家の犬』の犯人は、逆上した魔犬に噛《か》みつかれてしまう。いま広場の犬たちは壮絶に吠《ほ》える一方、みな尻尾《しっぽ》を振り、霜竹にひたすらまとわりつく。どの犬も霜竹になついているようだ。

李奈はつぶやいた。「〝なんら栄誉に恵まれずとも、一匹の犬がいるだけで、心は満ち足りる〟」

優佳が小さく鼻を鳴らした。「ルイス・セイビンだっけ。アメリカの作家の」

「そう」耐えがたい思いにさいなまれる。李奈は檻から遠ざかりだした。一匹どころか、あれほど多くの犬に好かれて、なお心が満たされない。直木賞はそんなに欲しくてたまらないものなのか。

17

正午過ぎ、KADOKAWA富士見ビルの編集部に李奈は来ていた。広いフロアには事務机が縦横に並ぶものの、社員らの半分ぐらいは食事にでている。壁際のテレビに昼のニュースが映っていた。けさ見たばかりの八街わんわんランドのようすだった。

NHKらしい落ち着いたキャスターの声が告げた。「小説家の小宇都洋平こと霜竹小我《こが》郎《ろう》容疑者は、警察の取り調べに対し、『同じ直木賞候補の杉浦李奈さんが、英国文学史検証委員会の依頼を受けて注目され、このままでは直木賞の受賞に至るのではと気が気でなかった。勤め先にいる大きな保護犬なら騒動を引き起こせると思い……』」

優佳が事務机に寄りかかり、あきれたような声を響かせた。「李奈が候補にふさわしくない的なことをネットに書いてたのも、この人っぽいよね。なんだか執拗《しつよう》だったし」

菊池は席につき、受話器を片手に熱弁を振るっていた。「いいえ、ですから報道にありますとおり、杉浦李奈さんは今回の件の被害者です。一方的に巻きこまれたにすぎないんですよ。なので直木賞の選考から除外するのは……。まだなにもいっていない？　だとは思いますが、どうか内部でもですね……」

李奈は軽い疲労感とともに立っていた。テレビは繰りかえし同じニュースを伝えている。体力面より精神的な消耗のほうが大きい。小宇都洋平という作家と面識はなかったが、『花菱』には感銘を受けていた。ところが向こうが李奈に抱く感情は憎悪だった。なんの接点もなかったはずが、等しく直木賞候補に選ばれたというだけで、問答無用に恨みを買ってしまった。小説家とはこんな目に遭ったりするものなのか。

有限会社バウワウから犬を借り、講談社に放ったのも小宇都だった。作家だけに社内に詳しく、下調べが行き届いていた。編集部から警備員への連絡も巧みに偽装でき、搬入を押し通せた。

優佳が歩み寄ってきた。「菊池さんってさ、電話で誰と話してるの？」

「たぶん日本文学振興会の人……。わたしを候補から外さないでほしいって懇願してる」

「外すといわれたわけじゃないんでしょ？」

「でも俗っぽい騒動に巻きこまれたから、厄介がられて外されるんじゃないかって、菊池さんは心配してるんだと思う」

「やれやれだね」優佳がため息をついた。「こんなふうに同業者から攻撃の標的にされたりするのかぁ。わたし、賞なんかめざさなくていいって気がしてきた」

李奈は黙って視線を落とした。かつて山本周五郎《やまもとしゅうごろう》が直木賞を辞退した。そのためか現代では、直木賞候補に選ばれた時点で、受賞の意思があるかどうかを問われる。プレッシャーになるからと固辞した作家もいる。もったいないと思っていたが、いまこの立場になるとよくわかる。たしかに心中穏やかではいられない。気にせずにおこうと思っても、勝手に憎悪を向けられたりするのでは、耐えきる自信がなくなる。

優佳がスマホの画面を向けてきた。「これ見た？　SNSで名だたる女性作家さんたちが、同じようなハンドバッグやポーチをファンから贈られたってカミングアウトしてる」

「でしょうね……。さっき櫻木沙友理さんからもメールが入ってた。やっぱりそういう贈り物を受けとってる。底板を剝がしてみたら、ニュースに映ってるのと同じ機器がでてきたって」

「悪質ストーカーっていうか変態野郎だよね」

盗聴器つきのハンドバッグを、気になる女性作家に片っ端から持たせ、絶えず動向を探る。音声は双方向の機能だから、李奈に対しては犬笛の音を送りこんだ。恐るべき悪知恵と執念深さ。内蔵電池がつづくかぎり、会話もひとりごとも生活音も、すべて丸聞こえになる。いままでほかにどんなことを盗聴されただろう。考えるだけでも気が鬱《うつ》する。

菊池はまだ受話器片手に話しこんでいた。「そうです。選考はどうか公平かつ公正に……。ですぎたこととは承知しておりますが、なにとぞよろしく申しあげたい所存で。……はい、それはもう。ぜひとも、ぜひとも杉浦李奈を……。わかりました。ありがとうございます。では」

ようやく通話を終え、菊池が受話器を置いた。疲れ果てたように椅子の背もたれに身をあずける。

李奈は頭をさげた。「すみません。わたしのために……」

優佳のほうはあいかわらずの皮肉屋だった。「社内での昇進がかかってるからじゃなくて？」

「おい」菊池が椅子を回した。「那覇さんのテレビアニメ成立のため、僕がどれだけ尽力したかわかるか。先方がいくつか原作候補を挙げてくるなか、俺も必死でアピールしたんだぞ。まさかそんなの必要ないぐらい、アニメ化は決定路線だったって思ってるんじゃないだろな」

　さすがに耳が痛かったらしい。優佳はふいに神妙になった。「ちょっといいすぎました。ごめんなさい」

「いや……。わかればいいんだ」菊池は机に向き直った。「正直、編集者も楽じゃないんだよ。ほかの作家たちは、売れてないからって無視するなと、さかんにメールでせっついてくる」

「あー」優佳が苦笑した。「わたしも以前さんざん送りつけたおぼえが」

　そのとき突然、英語訛《なま》りの日本語が耳に入った。「あー、こちらにおいでしたか。杉浦李奈先生」

　李奈は驚きとともに振りかえった。マクラグレン教授とエインズワース書記官、ほかにも同じく質のいいスーツに身を包んだ西洋人が数名。一行が編集部に入ってくると、社員らが恐縮ぎみに腰を浮かせた。

　菊池もあわてたようすで立ちあがった。「これはどうも……。突然こちらにいらっしゃるとは。ただちに部屋を用意しますので」

「いや」マクラグレンが片手をあげた。「じつは社長と話していたんです。もう帰るところでしたが、杉浦先生がおいでになっているときいたので、ぶしつけながら立ち寄らせていただきました」

「あ、あの」李奈はマクラグレンと向き合った。「先日は突然辞退を申しでてしまい、本当にご迷惑をおかけしました。ですが新たな発見もありまして、もういちど真贋《しんがん》分析に復帰させていただけないかと……」

品のある微笑をたたえるマクラグレンは、李奈の発言の後半がきこえなかったかのように応じた。「いえ、ご迷惑をおかけしたのは私たちのほうです。こちらからの勝手なお願いにより、杉浦先生が危ない目に遭ってしまったわけですから、なんとお詫《わ》びをしたらよいか」

「そんなことは……」

「これ以上ご負担をかけるのもしのびないので、どうか依頼についてはさっぱり忘れていただき、またぜひ素晴らしい作品を書いていただきたいと」

「……はい？」李奈は困惑した。「それはつまり、もう真贋分析はさせていただけないと……」

エインズワース書記官が穏やかにいった。「杉浦先生のほうから辞退したいとの申し出がありましたし、ご心痛もあきらかでしたから」

李奈はあわてて否定した。「ですからそこは、いまも申しあげておりますように、もういちどチャンスをあたえてもらえないでしょうか。真実を解明する糸口が見つかりそうなんです」

「糸口……。ああ、clue のことですね。手がかりとか端緒という意味の」

「そうです。その糸口です」

「どんな種類の糸口なのか、差し支えなければ方向性だけでもお教え願えませんか」

「はい」李奈はうなずいた。「ロビンソンは執筆時の一九〇一年三月以降を、作中の舞台に設定しています。でも時代に関する描写に、ささいなほころびがあって、しかも本国の研究者であっても見落としがちではないかと」

マクラグレン教授が見つめてきた。「すると杉浦先生は、ロビンソン作の原稿が本物ではないとおっしゃるのですか」

「本人の手によるものかどうかは、鑑定家ではないのでわかりません。でも一九〇一年三月から、『バスカヴィル家の犬』の連載が始まる『ストランド・マガジン』八月号の発売までのあいだではなく、何年か後に書かれた可能性があるんじゃないかと思います」

イギリス人一行は無反応だった。どの顔にもまだ微笑がとどまっている。マクラグレン教授が後ろを振りかえった。西洋人のひとりがタブレット端末を差しだした。それを受けとったマクラグレンが李奈に向き直った。

指先で画面をスワイプしながらマクラグレンがいった。「これらは各国の研究者らが提出した論文です。どれも根拠となる資料のコピーが大量に添えられていましてな。読むにもひと苦労ですよ。まずアメリカの研究チームの提出分」

次々にスワイプされる静止画をまのあたりにし、李奈は絶句するしかなかった。天井まで堆《うずたか》く積みあげられたファイルの山。論文は細かな字でびっしり埋まり、地図や年表、当時の写真や新聞の切り抜き、住所録などが添付してある。むろんすべて英文だった。

マクラグレンの指は画面をスワイプしつづけた。「次いでフランス、ドイツ、オランダの専門家。このシンガポールの研究者の主張が、なかなか洞察力に優れていましてね。証拠として部屋に入りきらないほどの資料を送ってきたので、保管用の施設を新たに借りたぐらいです」

また気力が萎《な》え萎《しぼ》むのを感じる。他国のすさまじい物量に圧倒され、李奈は弱腰にささやいた。「みなさんどんなご意見なんでしょうか」

「どの国もロビンソン作の原稿こそ、本物の『バスカヴィル家の犬』だと……」

李奈は息を呑《の》んだ。「ということは、ドイルが模倣者と結論づけているわけですか」

「あくまで各国の研究者らの分析です」

「いったいどんな根拠が……」

「それが、この書類の山をご覧になればお分かりのとおり、直接証拠には乏しいのです。どこも状況証拠の積み重ねでしてね。理解するには文学と歴史の深い知識が必要ですし、多大な労力も伴いますが、最終的には一貫して筋が通っているとわかります」

「複雑ではあっても、『バスカヴィル家の犬』がロビンソン著だと断定できる証拠として、認められるレベルだとおっしゃるんですか」

「そうです。少々こちらの望む水準に達していない国も、あるにはあったのですが、特にアメリカとシンガポールの分析が突出してます」

「どんな分析だったか概要だけでもうかがえませんか」

　マクラグレンは笑った。「縮めて申し伝えられるものではありませんのでね。ざっときいただけなら、さまざまな疑問が浮かぶことでしょう。けれどもそれらをいちいち論証していって、ほかの可能性を否定していき、最終的に真実の証明に至るという緻密《ちみつ》さでして」

「……『フェルマーの定理』を証明した、ワイルズとテイラーの論文の比ではないぐらいに複雑ですか」

「数学の証明とは事情が異なるので、いちがいに比較はできませんが、難解さは共通しているかと。とにかくここから先は私どもの領分でして。杉浦先生にはお手数をおかけしたとしか申しあげようがございません。なにとぞご容赦を」

マクラグレンが右手を差し伸べた。これまでは日本の習慣を尊重するように、ぎこちなくおじぎをしていたが、いまは握手を求めてくる。どんな意味があるのだろう。マクラグレンの顔には微笑があった。目は笑っていないようにも思えるが、西洋人に特有の面持ちかもしれない。

李奈も右手を差しだした。マクラグレンはその手をしっかりと握ると、何度からなずいた。手を離すや踵《きびす》をかえす。一行が立ちさりだした。

空虚さが押し寄せる。己れの無力さを知らしめられたかのようだ。じつのところ太刀打ちできる気がしない。各国研究者による真贋分析は高度に専門的だった。文学を愛し、慣れ親しんできたというだけのアマチュアが、首を突っこめる世界ではないのだろう。彼らが熱心に分析しているあいだ、李奈はなにをやっていたのか。犬と追いかけっこをしてばかりだったではないか。

一行の後ろ姿が廊下に消えようとしている。菊池が見送りに同行すべく歩きだした。李奈はその場にたたずんだ。虚しさを噛《か》み締めようとも、ほかにどうしようもない。

ところがいきなり優佳が声を張った。「まった！　あなたがた全員《オールオブユー》！」

西洋人の上質なスーツの集団が足をとめた。怪訝《けげん》そうな面持ちが振りかえる。一様に硬い顔だった。とりわけマクラグレン教授とエインズワース書記官はむっとしている。強烈な日本語訛《なま》りの英語で、しかも無礼に呼びとめられては、不快に思うのもわからないではない。李奈は思わずたじろいだ。優佳の身が心配になる。

だが優佳は臆《おく》したようすもなく、手にしたスマホをしめした。「最後にこれについて説明してもらいたいんですけど」

「なんだね」マクラグレン教授がきいた。

「またぁ」優佳は悪戯《いたずら》っぽい笑みを浮かべた。「そこからでも画面のいろとか、おおまかなレイアウトで、なんのウェブページかわかるでしょう」

「はて。なんのことかな」

「イギリスのブックメーカー。ブックといっても本や出版とは無関係。ようするに公認賭博《とばく》の胴元。サッカーとかメジャースポーツだけじゃなくて、次期イギリス首相やノーベル賞受賞者が誰になるのかとか、七代目００７を誰が演じるかとか、あらゆることが賭《か》けの題材になってますよね」

マクラグレンが冷やかにつぶやいた。「サッカー……」

「あー。イギリスではフットボールっていうんでしたっけ。どうもすみません。さささいなことだとは思いません。わたしの友達に青島《あおしま》って子がいるんですけど、外国人からチンタオって呼ばれてキレてましたから」

「申しわけないが、ええと、那覇優佳さんだったね。論点はなんですかな」

「わたしもわたしなりに、李奈の役に立ちたくて。"The Hound of the Baskervilles"を英文サイトで詳細に検索したんです」

「ほう。英語がわかるのですか」

「いえ。ただいろいろ探すうち、このサイトを見つけたんです。ブックメーカーはいまではネットで取引されてますけど、大昔からイギリス国内でさかんだったんですね。百年前にはもう『バスカヴィル家の犬』の作者が誰なのか、賭けになってました。ドイルかロビンソンかって」

イギリス人一行の表情が険しさを増した。李奈は言葉を失った。ブックメーカー。寝耳に水だ。優佳はなにをいいたいのだろう。

マクラグレン教授が平然とつぶやいた。「わが国では古くから大衆の関心を呼んできましたからな」

優佳がつづけた。「一世紀ものあいだ賭けがつづいて、双方の著者の信奉者がむきになったりして、この大手胴元でも集まった掛け金が累積してるんですね。キャリーオーバーっていうんですか。なんと二億二千万ポンドですって。円安のいまなら約四百十八億円」

菊池が目を瞠《みは》った。「四百十八億円？」

「しかも」優佳は付け加えた。「証明される時期や、証明の根拠まで当てたら、ほぼ総取り。このブックメーカーは九十五パーセントの高払戻率を謳《うた》ってるし」

エインズワース書記官が首を横に振った。「那覇先生。その種の話題なら絶えずイギリスのSNSで持ちきりですが、それこそ〝フェルマーの定理〟並みに、万人が納得する証明がなされなければ、ブックメーカーも結論として受けいれませんよ」

「その証明がなされるんですよね？　権威ある英国文学史検証委員会によって。しかも現在のオッズ……。あー、ブックメーカーではオッズといわないのか。どう呼ぶかは知りませんけど、倍率ではロビンソン作なら大穴」

「それがどうかしたのですか」

「イギリスの『デイリーエクスプレス』紙のネット版に記事がありました。このブックメーカーのルールにより、当事者は賭けに参加できないって」

「当たり前でしょう」マクラグレンがじれったそうにいった。「次期首相を知る内閣の関係者が賭けたらアンフェアじゃないですか。ノーベル賞選考委員や007の制作会社も同様です」

「記事にはつづきがありました。『バスカヴィル家の犬』に関する当事者の定義は、ルールに従えば両者の遺族と版元にかぎられてしまうため、英国文学史検証委員会の人たちは賭博からの除外対象にならないんですよね?」

李奈は衝撃を禁じえなかった。マクラグレン教授の頰筋がひきつった。エインズワース書記官は動揺をのぞかせている。

菊池が優佳を見つめた。「どういうことだ。こちらの教授たちが賭けに参加できるってのか? 原稿の真贋《しんがん》の結論をだす立場なのに?」

「そうですよ。英国文学界で確固たる地位を獲得しているため、ドイルとロビンソンのどちらに軍配を上げるか、事実上の権利を有する団体です。なのにブックメーカーから排除されない。一世紀以上つづいた賭けの弊害に、ブックメーカーのルール、忖《そん》度《たく》や既得利権が組み合わさり、思わぬ抜け穴が開いてしまってたんです」

マクラグレン教授の眉間《みけん》に皺《しわ》が寄った。「知らないようだが、『デイリーエクスプレス』はタブロイド紙でね。故ダイアナ妃のことばかり執拗《しつよう》に載せたがる、保守党寄りの不謹慎な新聞社だ」

「とはいえ」優佳は反論した。「事実は事実ですよね？　英国文学史検証委員会の面々は、みずから試合のレフェリーを務めながら、自由に勝敗を賭け放題。大穴ロビンソンの馬券を買って、自分たちで勝たせられる」

「日本人女性はお淑《しと》やかときいていたが、那覇先生、きみには当てはまらんな。ことはそんなに単純ではないよ。いま我々をレフェリーと呼んだが、学術研究の発表は第三者の精査を経て厳密に評価される」

「だから世界じゅうの研究者に分析を依頼したんですよね？　ドイルとロビンソン、各国の真贋分析で優勢なほうに賭けたうえで、団体として軍配を上げればいい。しかもうまいこと大穴のロビンソン作とする分析が出揃った。こりゃもう大儲《おおもう》けですね」

「タブロイド紙好きのきみが指摘するような、ブックメーカーの欠陥があったとしてもだ。私たちが賭けに手をだしたと決めつけるなど、いささか礼を失した物言いではないかね。この国にも名誉毀損《きそん》という法の概念があるはずだが」

「なら」優佳がスマホのカメラレンズを一行に向けた。「いまこの場で誓ってください。英国文学史検証委員会は誰ひとり、ブックメーカーで賭けたりしないって。動画に撮ります」

編集部内はしんと静まりかえった。空気が張り詰めるなか、西洋人らは妙に大きな存在に見えていた。巨人のごとく威圧的な沈黙だった。射るような視線がすべて優佳ひとりを刺し貫く。優佳の手が震えていることに李奈は気づいた。怯《おび》えないはずがない。しかし優佳は気丈にもスマホカメラを向けつづける。

やがてマクラグレン教授はなんの反応もしめさず、ただ背を向けた。ほかの西洋人らもそれに倣った。一行がまた退室しようとする。

否定も肯定もしなかった。状況を考えるに、彼らは事実を認めたも同然だ。しかしどんなに糾弾されようとも、英国文学史検証委員会の面々によるブックメーカー参加は阻止されない。非難の矢面に立たされつつも、彼らは大儲けする。それが目的だったというのか。

李奈は呼びかけた。「おまちください!」

マクラグレン教授がふたたび立ちどまった。ゆっくりと振りかえる。李奈に向けられるまなざしのいろも、前とはあきらかに異なっていた。

西洋人らはなにも喋《しゃべ》らない。無言で李奈を睨《にら》みつけてくる。李奈は震える声を絞りだした。「いま優佳がいったことは本当なんですか」

静寂が極めて高い音で響きつづけた。据わった目つきのマクラグレン教授が、淡々と李奈に告げた。「今回の真贋分析にあたり、イーサン・クレイらアメリカの研究チームは、歴史学と文学における各種の法則性について、従属変数で比較した高度な研究を基礎に置いている。どういうことか理解できるかね」

「わかりません……」

「それがきみだ」マクラグレン教授が菊池に目を移した。「杉浦李奈先生は直木賞候補なんだし、いまよからぬ噂が立つのは困るだろう」

「ご」菊池が臆《おく》したようすで同意した。「ごもっともです……」

「ふたりの若い女性作家が無礼を働いた件については、社長に抗議しておく。担当編集者も責任を問われるかもしれん」

社員が一様に固まったのがわかる。西洋人の一行は、今度こそ呼びとめられるのを拒絶するかのように、足ばやに廊下へと消えていった。

なおも緊張が漂いつづける。菊池がつかつかと歩きだした。「社長に直談判してくる」

優佳が醒《さ》めた口調でたずねた。「相手にしてもらえます?」

急に不安になったのか、菊池が情けない顔で優佳に歩み寄った。「一緒に来てくれないか。さっきの調子で俺も弁護してほしい」

「なんでわたしが行かなきゃいけないんですか」

「もとはといえばきみらが来賓にあんな態度をとったから、俺の立場が……」

「来賓?」優佳が声を荒らげた。「あんなのは詐欺師の集団でしょう!」

李奈は事務机に歩み寄った。くだんの『バスカヴィル家の犬』角川文庫版が置いてある。それをそっと手にとったとき、静かに憤怒の炎が燃えあがりだした。文学史上の謎を解き明かすための分析ではなかったのか。すべてが巨額の利益のためだったなんて。このまま見過ごせるわけがない。

18

一週間後、李奈は成田空港の国際線出発ロビーを、旅行用トランクを転がしつつ歩いていた。

歩調はどんどん速まる。もうチェックインカウンターでの手続きは済ませた。あとは入国審査場のゲートに向かうだけだった。

報道関係者はひとりも見かけない。どうやら李奈はもうノーマークらしかった。

『バスカヴィル家の犬』真贋分析を辞退したいま、とっくに過去の人か。それでかまわないと李奈は思った。いちいち注目されるのはまっぴらだ。

たったひとりの見送り、優佳があわてぎみに追いかけてきて、李奈の横に並んだ。

「いまさらかもしれないけど、マジで行く気？　直木賞受賞者の発表まであと三週間切ってるのに……」

李奈は立ちどまらず、ひたすらぐいぐい進んだ。「ひと月でもふた月でも、納得がいくまでイギリスに滞在する。安い宿なら見つけたし」

「調べものならこっちでやればよくない？」

「向こうへ行かなきゃわからないことだらけ。これは謎解きゲームじゃないの。知識なしでも万人に解けるようにはなってない」

「講談社の仕事もあるでしょ？」

「新作の執筆は向こうでやればいいし」

「そりゃ小説を脱稿したらメールで送れるから、日本にいる必要はないけどさぁ。なにもそんなにむきにならなくてもよくない？」

「むきになってたのは優佳じゃん」

「あんときは頭に血が上ったけど……」優佳が行く手に立ち塞《ふさ》がった。「お願い。このままじゃ李奈の身が心配」

静止した李奈は優佳を見つめた。「心配って？」

優佳の顔には憂いのいろがあった。「大型犬をけしかけられた李奈は災難だったけどさ。世間には直木賞候補どうしの小競り合いみたいにとらえてる人もいる。嘆かわしいとかなんとかいっちゃって」

「そんなの好きにいわせとけばいいでしょ」

「だけど低俗ないざこざで賞の権威が揺らぐとか、選考委員もコメントしてたり……。だいいち『バスカヴィル家の犬』の真贋分析は、小説家の本道じゃないでしょ。あまりそっちにばかり固執してると、日本文学振興会への心証を悪くするって」

「心証って。わたし被告人じゃないんだけど」

「わかってるよ。菊池さんがそういったの」

李奈はため息をついた。「優佳。『デイリーエクスプレス』のネット記事と、ブックメーカーのサイトを見つけてくれてありがとう。優佳こそ最大の貢献者だよね。おかげで目が覚めた」

優佳が困惑をしめした。「わたしはあんなの見つけなきゃよかったと思ってるよ……。なにも知らないまま、教授たちに断わられるだけなら、李奈も日常に戻れたのに」

「これがわたしの日常だから。文学にまつわる謎は探求したいの」

「だけどあのイギリス人たち、李奈を貶《おとし》めようとするかも……。悪い噂を流されたりしたら、それこそ賞の選考に関わってくるでしょ。現に教授は脅し文句を吐いてたじゃん」

「怖がってなんかいられない」

「なんでよ」優佳はふいに涙ぐみだした。「なんでそこまでこだわるの？　百二十三年前の話だよ？　李奈。いまの自分を大事にしてよ。せっかく成功したのに。ドイルかロビンソンかなんて、どっちでもいいでしょ」

李奈のなかに動揺が生じた。優佳がいまにも泣きだしそうだからだ。友達を傷つけたくないからこそ、この難題に挑みたかった。なのにいま李奈は優佳を苦しめている。

「優佳」李奈は静かにいった。「あなたは真実を突いた。なのに教授たちはごまかそうとしたし、あまつさえ見下してきたでしょ。わたしだけならいいけど、優佳を馬鹿にするなんて許せない」

「わたしはもう気にしてない。ね？　やめようよ」優佳が抱きついてきた。「李奈がこれ以上苦しむなんて耐えられない」

親友のハグは、決心を揺らがせるのに充分な温かさを備える。このままひきかえせばどんなに楽だろう。小説の執筆だけに集中できる日々。心から憧《あこが》れ、望んできた暮らしが現実になっている。そこに背を向けるなんて罰《ばち》当たりな行為かもしれない。

それでも今後おそらく、この件についてはもやもやしたものを抱えつづける。一生に影響を及ぼすかもしれない。勝負を投げだす人間が書いた文章に、読み手は魅力を感じるだろうか。無難な姿勢はきっと作品にも表れる。つまらないといわれたとき、これが自分の小説だからと、胸を張って主張できるのか。

シャーロック・ホームズはイギリスの誇りのはずだ。英国文学史検証委員会は誇りを踏みにじり、各々の金儲《かねもう》けを優先させようとしている。小説家のみならず、小説という分野自体も愚弄《ぐろう》する所業だ。これを放置したら世界の活字文化は凋落《ちょうらく》の一途をたどる。おおげさでなく本気でそう思える。

「ねえ優佳」李奈はささやいた。「マクラグレン教授は日本文学の研究家でもあったし、日本語も喋れた。だから来日したんだろうけど、わたしの真贋《しんがん》分析には正直、まったく期待してなかったんだと思う。あの人たちはただ……」

「なに?」

「世界じゅうに話題を振りまいて、ブックメーカーに集まる賭《か》け金を、さらに増やしたかったんだと思う。日本からはオンライン賭博《とばく》に参加できないけど、グローバル規模でのニュースの広まりには、多少なりとも役立つ。わたしはそのための人寄せパンダのひとり」

「そんなこと……」優佳はわずかに身を引いた。「李奈。人寄せパンダって、ひとりって呼び方でいいんだっけ。一匹?」

「……一頭二頭じゃなくて?」

「一匹じゃなく一頭?」

「上野《うえの》動物園の発表では一頭二頭……」李奈は思わず笑った。「わたしがいってるのは人寄せパンダって喩《たと》えだから、ひとりふたりでよくない?」

優佳もうっすら目に涙を浮かべたまま笑顔になった。「でもパンダに喩えたからには、単位もそれに倣うんじゃね? で一匹なの一頭なの?」

「動物って、人より小さければ一匹で、大きければ一頭になるのが基本」

「パンダって人より大きいんだっけ? 赤ちゃんのころは一匹?」

「ほんの数年で大きくなるから、生まれたときから一頭って呼ぶとかきいたことがある」

「人より小さいのに一頭二頭なの? もう定義が揺らいでるじゃん。校正で〝匹?〟

ってエンピツが入ったらどうすんの」

ふたりは無言で互いの顔を見つめた。無意味でくだらない会話と、その後の沈黙がおかしくなり、ほぼ同時に声をあげ笑いあった。心がふっと軽くなる。李奈は胸がいっぱいになった。優佳が気遣ってくれている。その思いに触れただけでも嬉《うれ》しかった。

「……優佳」李奈はいった。「行ってくるね」

優佳の微笑みにまた寂しげないろが交ざりあう。それでも優佳はささやいた。「気をつけて」

李奈は歩きだした。入国審査場のゲートはもう目の前だった。旅客たちが吸いこまれるように消えていく。李奈も人の流れに加わろうとした。

すると背後で優佳が声を張った。「李奈、頑張ってね。杉浦李奈先生ばんざーい！」

思わず驚いて振りかえる。優佳は両手を高々とあげ万歳していた。

菊池からきいた話を思いだす。外国から忌避されないために、最近の邦画では万歳禁止、たしかそんな話だった。たしかに周りを歩く外国人は妙な目で優佳を眺めていく。けれども優佳はまるで意に介さない。

「ばんざーい！」優佳はまた涙ぐんでいた。「未来の直木賞作家、杉浦李奈先生ばんざーい！」

胸の奥を締めつけられたような気がする。李奈の視野もぼやけだし、あらゆる光が滲《にじ》むばかりになる。優佳と友達でいてよかった。ほかに誰ひとり見送りがいなくてもかまわない。優佳さえいてくれれば力が満ちてくる。不可能もきっと可能になる。

19

優佳はビジネスクラスを勧めたが、李奈は節約のためエコノミーを選んだ。搭乗してから後悔した。バスのように狭い座席で、約十三時間のフライトはさすがに苦痛だった。眠りたくても機内は寒く、頻繁に目が覚める。早く着いてほしいと、ひたすらそれだけを願うようになった。

ヒースロー空港では入国審査の遅さに辟易《へきえき》させられた。長蛇の列ができているのに、窓口がひとつしか開かず、しかも職員がだらだらと仕事をする。

空港から電車でパディントン駅へ、さらに乗り換えてボンドストリート駅で降りる。地上にでると気分が昂揚《こうよう》した。国際的なギャラリーに、ラグジュアリーなホテル、ヴィクトリア朝の風光明媚《ふうこうめいび》な街並み。石畳の馬車道に、いまはタクシーが往来するものの、シャーロック・ホームズのいたロンドンがひろがっている。

やたら高級な一等地。予約した安宿がここにあるとは信じられない。だが道を一本裏手に入ったとき、大きなビルの狭間《はざま》に、ほっそり痩《や》せた五階建てを目にした。こんな立地にこういうホテルもちゃんとあるとわかった。なぜ安いかもほどなく理解できた。辺りはお洒落《しゃれ》スポットばかりで、テイクアウトの食べ物を買える場所ひとつない。貧乏旅行客にはかえって不便きわまりなかった。

チェックインを済ませ、激狭な部屋で少し寝たが、無駄に時間は費やせない。さっそく動きださねばならない。

ロンドンのブルームズベリー地区に大英博物館はあった。李奈はギリシャの神殿を模した柱とペディメントを仰ぎ見た。なんと広大な施設なのか。博物館全体がひとつの街だ。

四棟からなる横長の館が正方形に中庭を囲む。中庭の真んなかにはガラスのドーム。そこはヨーロッパでも最大の屋根付き広場になる。なにもかも常軌を逸したスケールに圧倒される。

何十年も前に大英図書館が分離され、ロンドン郊外のセント・パンクラスに移転した。かつて博物館内の書庫だったひと棟、煉瓦《れんが》造りの三階建てが、美和夕子のいっていた国立歴史資料保管棟になる。報道記録室は二階だった。

エントランスで警備員にパスポートを提示し、なかへ通してもらう。観光客であっても入館できるが、利用者は稀《まれ》らしく、内部は静まりかえっていた。ヴィクトリア朝の壮麗なホールに上り階段がある。李奈はひとり二階へ向かった。

ワンフロアを贅沢《ぜいたく》に利用した書架がひろがる。カウンターにはひとりの白人男性がいた。李奈が近づいていくと、男性が挨拶《あいさつ》らしき言葉を発した。たったひとことなのに早口すぎて、すでにききとれない。

李奈は困惑ぎみに告げた。「ア、アイムジャパニーズ……。プリーズ……ミスター・ネイト・ウェッジウッド……」

しばし男性職員は李奈をじっと見つめていたが、やがてオーケーとつぶやき、奥のドアへと消えていった。李奈はカウンターを前に取り残された。ここでまっていればいいのだろうか。

東京如何社の長瀬社長から預かったファイルは、大半がゴシップ紙からの転用と後追い取材ばかりで、特に目新しい発見はなかった。けれども取材先が明記されているのは助かった。長瀬はこの報道記録室も訪ねた。各国の言葉がわかる職員らがいて、日本語担当はネイト・ウェッジウッドなる人物だという。ウェッジウッド氏のおかげで、約一世紀前の新聞を閲覧できたとのメモがあった。それからかなりの歳月を経ているが、ネットで調べたところ、報道記録室の職員名簿のなかに、なんとまだNate Wedgewoodの名が残っていた。

目黒の国際文学研究協会事務局はこことつながりがない、夕子はそういった。ゆえにウェッジウッド氏と知り合うことは、今後のため最重要課題だった。

もしさっきの白人男性が戻ってきて、ウェッジウッドの不在を口にしたらどうしよう。気を揉《も》んでいると、丸顔に口髭《くちひげ》をたくわえたインド系っぽい男性が、カウンターのなかに現れた。ジャケットの襟に日の丸のバッジを付けている。日本語担当職員という意味だろう。年齢不詳だが『週刊真相』の取材当時からいたのだから、若くとも四十代後半か。

黒目がちな男性が流暢《りゅうちょう》な日本語で話しかけてきた。「おはようございます。ネイト・ウェッジウッドです。どちら様ですか」

ほっとしながら李奈はいった。「わたし杉浦李奈といいます。ええと、これ……」

一冊のファイルをとりだし開く。長瀬から借りた資料がおさまっている。ウェッジウッドの名刺も貼ってあった。百二十三年前の『タイムズ』紙面の複写が大半を占めていた。

「……オゥ」ウェッジウッドがファイルを眺めた。顔をあげると、李奈の顔をじっと見つめた。「これは懐かしい。思いだしました。たしか東京如何社の……」

「はい。長瀬記者がお世話になったそうですね。その資料をお借りしまして、わたしも当時のことを調べたいと思い、こちらにうかがったんですが」

ウェッジウッドは李奈の顔を注視していた。日本人はあまり目を合わせたがらないのがふつうだが、この国ではこんなふうに見つめられる。なんだか気まずいが、見かえしたほうがいいのだろうか。

やがてウェッジウッドが笑顔になった。「アー、杉浦李奈さん。どこかできいたお名前だと思いました。バスカヴィルの犬に襲われたお嬢様」

自分の表情が凍りついたのがわかる。どう反応すべきかも迷う。李奈は小声でたずねた。「どこでそんな話を……」

「英語字幕付きの動画がオススメ《サジェスト》にあがってきたんです。動画再生回数が群を抜いてましたよね。ミス・リナ・スギウラ。日本では有名な小説家なんでしょう？　お顔が映ってはいなかったけど、悲鳴がよい響きで」

ウェッジウッドはげらげらと笑い転げた。馬鹿にしているのではなく、ウケることが賞賛だと思っているふしがある。あの動画がお笑い目的でアップしたものなら、こういうリアクションも歓迎できるかもしれない。けれども李奈は複雑な心境だった。英語圏で動画再生回数が群を抜いている。もはや世界に拡散されたも同然だった。興味深そうにウェッジウッドが身を乗りだした。「気になって元ネタの『バスカヴィル家の犬』を調べにきたとか？　あれは小説ですよ。有名なアーサー・コナン・ドイルの。あなたがでくわした犬も、水蒸気をだす首輪にグリーンのLED……」

「いえ、あの、それはもうわかってます。犬騒動の犯人は逮捕されたんですけど、そこは伝わっていませんか」

「オゥ。犯人が逮捕されたのですか。知りませんでした。おめでとうございます」

日本語の発音は達者だが、やはり感覚のずれは否めない。とはいえ異国を訪ねているのは李奈のほうだ。ひとまず愛想よく迎えられたことは幸運にちがいない。

面白ハプニング動画が、リナ・スギウラという名とともに認知されている、現状それぐらいにとどまるようだ。これからは正確なところを伝えていかねばならない。李奈はきいた。「ええと。英国文学史検証委員会……」

「British Literary History Verification Committee ですか？　それがなにか？」

「フレッチャー・ロビンソン作とされる『バスカヴィル家の犬』の原稿が発見され、その真贋《しんがん》分析を世界各国の研究者に依頼しましたよね」

「ええ、よくご存じで。アメリカのイーサン・クレイなど、著名な文学研究家も参加しています」

「日本ではわたしがそれを依頼されまして」

ウェッジウッドがまた冗談をきいたように目を細めた。「あなたは犬に吠《ほ》えられただけでしょう！　いいですか。動画を拡大すればわかりますが、あの犬はグリーンの炎を吐いてなどいなくてですね……」

「だからそれはもうわかってますって」李奈は頭を掻《か》きむしった。

英国文学史検証委員会の真贋調査と、犬に襲われた日本の女性作家の件は、まったく別物として扱われているようだ。いちおう英文のニュースサイトでも、マクラグレン教授から依頼を受けた事実が報じられているはずなのに。

タブレット端末をとりだし、李奈は画面をスワイプした。くだんのニュースサイトを表示し、ウェッジウッドに差しだすと、李奈はうったえた。「これをお読みいただけませんか。本当にわたしが依頼されたんです」

ウェッジウッドは文面を読むうち真顔になった。「ケネス・マクラグレン教授？　日本文学の権威の？」

「そうです、その人です」

「教授の推薦でこちらにいらしたんですか」

李奈は言葉に詰まった。「調査はあくまで自主的なものでして……。当時の新聞記事の閲覧にご協力いただけませんか」

まっすぐ背筋を伸ばしたウェッジウッドが、また李奈を見ながら吹きだした。「真贋分析の依頼を受けたら、あの犬に襲われたと?」

「……はい」

ウェッジウッドは大笑いした。手でカウンターを叩《たた》き、目に涙を浮かべながら、遠慮なく笑い声を張りあげた。

田中昂然の持論は、少なくとも現代においては正しいようだ。日本のことはろくに報じられていない。面白動画だけは光の速さで広まるが、誰もその背景について深く知ろうとしない。

ひとしきり笑ったウェッジウッドが、指先で涙を拭《ぬぐ》った。「失礼。あまりにおかしかったもので。では一九〇一年当時の新聞を閲覧されるわけですね。ドイルとロビンソンの関連記事を」

「いいえ……。日英同盟の準備段階に関する記事を探したいんです」

「日英同盟?」

「ロビンソン作とされる『バスカヴィル家の犬』は、一九〇一年が舞台になっていて、日英同盟の準備段階に言及する箇所があります。果たして執筆当時、そのことをロビンソンが知りうる報道があったかどうか、そこが気になりまして」

「なるほど。本当に調べておられるんですね」ウェッジウッドはカウンターわきの扉を抜け、フロアに歩みでてきた。「ではこちらへどうぞ」

天井まで届く書架の数々が、無限にも思える迷路を形成する。李奈はウェッジウッドに歩調を合わせながらきいた。「すごい蔵書の数ですね」

「この辺りは年鑑です。各新聞社がまとめています。ただし当時の新聞記事に、のちの観点から追記しているため、かならずしも報道のままではありません。昔を知りたければ、やはり新聞それ自体を閲覧しないと」

「そうですね。まずは『タイムズ』紙から始めたいと思います」

「東京如何社の長瀬記者は、タブロイド紙ばかりを漁《あさ》っていきましたが」

「タブロイド紙……。当時からあったんでしょうか」

「ありましたよ。『デイリーエクスプレス』紙は、『バスカヴィル家の犬』が発表される前年、一九〇〇年の創刊です。『デイリーメール』紙はさらに早く一八九六年創刊。『デイリーミラー』は後発で一九〇三年ですが、そのころから『バスカヴィル家の犬』

の作者が誰なのか話題になっていて、たしか記事も多く載りました」

　どれも大衆向けの有名なタブロイド紙で、有名人のスキャンダルを扱うことで知られる。論争を多く巻き起こす『ミラー』紙もポピュラーだが、創刊はもっと遅く一九六〇年代だったと記憶している。それでもブックメーカーで巨額の賭博《とばく》が成立する事案だけに、『ミラー』紙も現在までに『バスカヴィル家の犬』作者関連の話題を、何度か載せているだろう。

　書架の迷路を抜けたとたん開けた空間にでた。いくつもの机と椅子が並ぶホールは六角形をなし、どの壁面も地図収納用のように薄くて幅のある引き出しが、天井から床までびっしりと覆い尽くす。看板に英語で新聞社名が記載され、引き出しごとに小さく年号や月日が刻んである。

　ウェッジウッドが両手を広げた。「大英帝国の報道史へようこそ。ここにはイギリスの過去がそのまま眠ってます。その壁が『タイムズ』。時計まわりに『ガーディアン』、『デイリーテレグラフ』、『ファイナンシャルタイムズ』、どれも一九〇一年には創刊済み。次の壁は歴史の短い『インディペンデント』と『アイ』の混合、最後の壁は地方紙」

　星の数ほどもある引き出しに圧倒される。李奈は茫然《ぼうぜん》としながらきいた。「こ、ここの新聞を……自由に閲覧できるわけじゃないですよね？」

ふいにウェッジウッドの顔から笑いが消えた。「もちろんです。わが国の貴重な財産ですから。閲覧には申請をだしてもらい、うちのスタッフがとりだし、ここの机で閲覧を許可します。閲覧は時間制限つきで、スタッフが付き添います。ページをめくるのもスタッフです。新聞に触れてはなりません」

「はあ……。大変なんですね」

ウェッジウッドの表情がまた和らいだ。「あんな天井高くまで手が伸びないでしょう？　スタッフはちゃんとハシゴを持ってきます。おまかせを」

「タブロイド紙はほかのコーナーですか？」

「この向こう側にあります。そちらも調べるんですか？」

「はい。報道の有無を取りこぼしなくチェックしたいので……」李奈は六角形の壁をそれぞれ見上げた。「でも時間がかかりそう」

肩をすくめつつウェッジウッドがいった。「閲覧するかどうかはご自身でお決めください。しばらく悩んでも、ここには犬は来ませんからご心配なく」

そういうとウェッジウッドは豪快な笑い声を響かせた。

李奈のなかに燃えあがる決意があった。絶対に真相を突きとめてみせる。

20

その日は申請書をだすばかりで終わってしまった。すべて英語で記載する必要があり、途方もなく時間がかかった。閉館時刻を迎え、安宿に帰ってネットで独学、翌朝もふたたびでかけた。

ウェッジウッドは休みらしく、スタッフに日本語は通じなかった。それでも申請書を提出してあったおかげで、新聞は次々と用意された。膨大な数の閲覧をこなしていく。英文を読みこなせなくとも検証は速い。紙面にJapanという言葉があるかどうか、着目するのはその一点のみだからだ。

一世紀以上を経た新聞紙は変色し、ともすればぼろぼろになって朽ち果てる寸前、そんなありさまだった。スタッフは白手袋を嵌《は》め、常に慎重かつ丁寧に扱っている。いにしえの『タイムズ』紙には写真も挿絵もなく、ひたすらアルファベットばかりが紙面を埋め尽くしていた。隅々まで単語をひとつ残らず拾うのは至難の業だ。けれども当時のイギリスにおける日本のニュースは、掲載されたとしてもごく小さい記事にちがいない。よって目を皿のようにして調べねばならなかった。けっして見落とすわけにいかない。

　進展はたしかにあった。一九〇一年の三月と四月、『タイムズ』と『デイリーテレグラフ』は、日英同盟の前触れなどまったく報じていなかった。日本で知られる史実としては、一九〇一年四月九日、駐英公使の林董《はやしただす》が加藤《かとう》外相宛てに、日英独三国同盟をめざす動きがあることを打電。具体的には駐英ドイツ代理大使エッカルトスタインによるほのめかしに端を発している。これが歴史上初めての日英同盟の芽生えだ。だが九日以降の『タイムズ』『デイリーテレグラフ』は、この件についていっさい記事にしていない。

　これは幸先いい、李奈は心のなかでそうつぶやいた。どの新聞もまったく載せていなければ、ロビンソン作とされる原稿内の〝日本との同盟の是非が論じられる〟の一文は不自然だ。原稿が後年に書かれた証《あかし》になる。

　翌日は『タイムズ』『デイリーテレグラフ』の、一九〇一年夏までの記事をすべてチェックした。Japanを含む記事ならいくつかあったが、両紙とも五月三日の伊藤博文《いとうひろぶみ》内閣総辞職、六月二日の桂《かつら》内閣誕生、二十一日の星亨《ほしとおる》暗殺のみだった。それらの記事もごく小さい。七月にフランスで宗教団体が許可制になったことは報じられているのに、日本についてはかなり大きな事件にかぎり、あっさりと紹介するにとどまっている。

さらに翌日からの二日間は『ガーディアン』と『ファイナンシャルタイムズ』をチェックした。だんだん目が慣れてきたのか作業が速くなった。スタッフが次から次へと新聞を机に運び、またしまいこんでいく。李奈の気分は昂揚《こうよう》しだした。日本との同盟を模索する動きなど、どの新聞も報じていない。

タブロイド紙や地方紙も調べた。現在ではフリーペーパーに転向した『ロンドンイブニングスタンダード』だが、かつてはロンドンのみで配布される夕刊紙だった。地元に関する報道に力が入っているためか、日本の内閣の交代など、まるで眼中にないらしい。地方紙によっては星亭暗殺だけは掲載している。好奇心にうったえるニュースは海を越えやすいらしい。犬の動画にかぎり有名になった李奈には納得のいく話だった。

国立歴史資料保管棟の報道記録室が、すっかり馴染《なじ》みの場所に感じられてきた。李奈はふたたびウェッジウッドと顔を合わせた。数日ぶりにすぎないというのに、ずいぶんひさしぶりに思える。

六角形のホール内でウェッジウッドがきいてきた。「どうですか。調子は」

「上々です」李奈は胸が躍る思いだった。「週刊誌と月刊誌も網羅しましたし、あとは地方紙をあたるだけです。一九〇一年の夏までに、翌年の日英同盟を示唆する記事はいっさいありません」

「それは大変な発見……なのですよね？」

「はい。じつはいくつかの新聞社の年鑑には載っているんです。でもそれらは版を重ねて、後年に追加された情報だとわかりました。たぶん英国文学史検証委員会は年鑑を見て、当時の報道があったと早合点した可能性が高いんです」

「早合点。ああ、hasty conclusion ですか。軽率な結論という意味ですね。しかしわが国の文学研究の権威の集まりが、そんな見落としをするでしょうか」

「検証委員会にしてみれば、ほかにもチェックしなきゃならない点が山ほどあるので……。本筋から逸《そ》れた極東に関する一文は、あくまで簡単な確認にとどまり、深く掘り下げなかったんじゃないでしょうか」

「ふうん。じつは私、いつも閉館時間を迎えると、ラッセル・スクウェアでグルテンフリーの焼菓子を買って帰るんですよ。ストリートフードは食べ歩きできるので便利です」

「それがなにか……？」

「残る地方紙すべてをチェックし終えて、あなたが望むとおりの結果がでたら、焼菓子を奢《おご》りましょう」

「ほんとですか？」李奈は笑った。「ごちそうさまです」

「はて。ごちそうさまは"Thank you for the meal"でしょう？　食べ終わったときの挨拶《あいさつ》ではないんですか」

「いえ……。もう奢っていただけることが確実ってときにも、そういうんです」

李奈は地方紙の閲覧に没頭した。『バスカヴィル家の犬』発表から五年後に廃刊になった『スタムフォードマーキュリー』や『グランサムジャーナル』、『エジンバライブニングニューズ』、『レミントンスパクーリエ』を紐解《ひもと》いた。一九五〇年に廃刊した新聞には『ダービーデイリーテレグラフ』のほか、『ノッティンガムイブニングポスト』、『ドーバーエクスプレス』、『バスクロニクルウィークリーガゼット』、『チェルトラムクロニクル』、『グロスターシチズン』、『ウェスタンガゼット』、『アバディーンジャーナル』、『ダンディークーリエ』、『イブニングテレグラフ』があった。ほかに『バスカヴィル家の犬』の刊行前後に存在した地方紙としては、『ケンブリッジインディペンデントプレス』が見つかった。

これらはいずれも海外ニュースについて、同じソースを頼っているのか、記事自体に似通ったところもある。期間内のすべてのページに、隅々まで目を走らせたものの、日英同盟の前触れに関する報道はなかった。それどころか、大英帝国がロシアの脅威に対抗するためには、アジア全域を植民地化すべきとの社説が散見された。日本との同盟の可能性について、地方紙の記者がなにも知らなかったからこそ、こういう社説が書けたにちがいない。

念のため『バスカヴィル家の犬』発表の前年、一九〇〇年に廃刊した雑誌『スコッツマガジン』まで調べた。もうすべての記事に目を通し終えた。いまこそ胸を張っていえる。一九〇一年の夏、『ストランド・マガジン』が『バスカヴィル家の犬』を載せるまでのあいだ、日英同盟を示唆する記事はひとつもない。

年鑑やほかの文献をあたり、なぜ記事が掲載されなかったか、その背景も探りだした。

当時のソールズベリー首相は、日英同盟それ自体に反対していた。のみならず日本の伊藤博文首相も消極的で、むしろロシアとの通商協定を結びたがっていたため、イギリスではニュースバリューがまったくないとされた。

じつはこの時期、ランズダウン外相が日本との交渉を請け負っていた。しかし誇り高き大英帝国にとって、極東の小国との下交渉は、やはりちっぽけな話でしかなかった。ソールズベリー首相は外交に深く関わるほうだったが、極東の事情には詳しくなく、日本についてはランズダウン外相にまかせっきりだった。日本の実力にも懐疑的だったため、首相は記者らとの懇談でも話題にせずにいた。

しかもソールズベリー首相は、四月半ばから五月半ばにかけ、フランスで休養をとっている。イギリスに帰るまでのあいだ、ランズダウン外相の外交交渉をいっさい認めなかった。進展のなさにドイツが同盟に乗り気でなくなっていき、日英の二国間同盟だけが可能性として残された。この期間内に小説『バスカヴィル家の犬』は完成、『ストランド・マガジン』八月号の掲載をめざし、校正作業が着々と進んだ。

七月三十一日、ランズダウン外相と林公使のあいだで、清国での門戸開放問題と韓国での日本優越問題を軸に、ようやく同盟締結交渉が前進した。次の会談は十月十六日で、同盟についてかなり詳細がまとめられた。けれどもまたソールズベリーが南フランスで休暇をとっており、戻るまで交渉延期となった。

じつは同時期にランズダウン外相が、清国とペルシャでの権益をめぐり、ロシアとも交渉中だった。伊藤博文も依然としてロシアの顔いろをうかがっていた。ところが十一月五日までに、日英はどちらもロシアから蹴《け》られてしまう。ようやくイギリスでも、閣議として日英同盟が論じられるようになった。

最初の報道は翌年一月、日英同盟締結について、各紙がいっせいに記事にした。それ以前は日英同盟など考えもしなかったというのが、当時のイギリス人の認識だったとわかる。報道があったときには当然、『バスカヴィル家の犬』は大人気を博していた。ドイルの連載開始前に、ロビンソン作とされる原稿があったのなら、日英同盟に触れられるはずがなかった。

薄曇りの夕方だった。緑豊かで広大な正方形の広場、ラッセル・スクウェアの一角を、李奈はウェッジウッドとともに歩いた。彼が奢ってくれた焼菓子を頰張る。甘くて美味《おい》しかった。

ウェッジウッドも焼菓子を片手に、駅方面へと向かいながらいった。「杉浦さんの頑張りには頭がさがりますよ。ええと、リスペクトしているというのは、この言い方でよろしいですね？」

「もちろんです」李奈は思わずにっこりとした。「ありがとうございます」

「よく粘りましたね。でもロビンソン作の原稿は、当時の紙に当時のタイプライターと鑑定されたとか……。タイプしたのも署名もロビンソン本人なのですよね？　いったいどういうことなんでしょう」

「そこのところはまだ……。でも表紙は、もともと白紙に署名だけがあって、のちにタイプされた可能性もなくはないといわれています。何年かあとになって、当時のロビンソン支持者がタイプの癖を真似て、精巧な偽物をでっちあげたのかも」

「なんのためにそんなことを？」

「ドイルへの脅しの材料にするとか、原稿それ自体に値をつけて売る目的だったとか……。『ストランド・マガジン』八月号すら、当時の転売ヤーの餌食になったらしいですから」

「転売ヤー？」

「……いえ。なんでもありません」ふと不安に似た感情が胸をかすめる。李奈は問いかけた。「ウェッジウッドさんはご存じですか。英国文学史検証委員会の人たちが、『バスカヴィル家の犬』をめぐるブックメーカーに参加可能というのを」

「アー」ウェッジウッドが浮かない表情になった。「それこそ最近のタブロイド紙がこぞって叩《たた》いてますね。私としては事実だと思いたくないですが」

「もし事実だったらどうしますか」

「軽蔑《けいべつ》します。文学研究の風上にも置けない連中でしょう。権威と制度の悪用ですよ」

「それをきいて安心しました。ウェッジウッドさんは信用できるお方ですね」

「そういってもらえて嬉《うれ》しいです」ウェッジウッドも上機嫌そうに応じた。「私も自分の仕事に誇りを持ってますから。この国の文化を傷つけて私腹を肥やす勢力には、あくまで反発していく覚悟です」

そのうち赤煉瓦《あかれんが》の駅舎に近づいた。歩道は帰宅を急ぐ人々で混雑している。ウェッジウッドが足をとめた。「会えてよかったです、杉浦さん。このあとも頑張ってください」

「本当に感謝の念に堪えません。ウェッジウッドさん。どうかお元気で」

ウェッジウッドは焼菓子を食べ終え、手のなかで紙を丸めると、微笑とともに駅構内へと立ち去った。

李奈もここから地下鉄に乗り、隣のホルボーン駅で乗り換えるのが帰路だった。けれどもいまはさっぱりした飲み物がほしかった。口のなかが甘すぎる。

駅前の雑踏を歩きだした。すると大柄の男性にぶつかりそうになった。李奈は頭をさげ、ソーリーといって、わきにどこうとした。ところがそちらにも巨漢が立ち塞《ふさ》がった。

ひやりとして視線をあげる。襟なしシャツにジャケットを羽織った、いかつい顔つきのイギリス人男性らが、李奈を取り囲んでいた。

李奈はすくみあがった。この人たちはなんだろう。こんな賑《にぎ》わいのなかで強盗を働くつもりだろうか。

すると真ん前に立つ髭面《ひげづら》が日本語で口をきいた。「そっちで話そう」

男たちは李奈を囲んだまま、駅舎の外壁沿いへといざなった。李奈は怯《おび》えながら従うしかなかった。外壁を背に立つ李奈に対し、髭面が壁ドンのような姿勢をとり、顔をのぞきこんできた。

「杉浦李奈さん」髭面がいった。「入国目的は観光のはずでは？」

「そ」李奈は震える声で答えた。「そうですけど」

「国立歴史資料保管棟の報道記録室で連日調べもの。お仕事じゃないですか」

「ちがいます……。あくまで観光の一環なんです」

「過去の報道に興味が？」

「歴史を調べるのが趣味でして」

「いいですか、杉浦李奈さん」凄《すご》みのある髭面が日本語を発するさまは、吹き替え版のドラマを観るようだった。「観光客なら観光客らしくしていてください。あなたはもう英国文学史検証委員会から依頼を撤回された身です」

鋭い針でちくりと刺されたような感覚があった。李奈のなかに反抗心が宿った。

「真実を調べる自由はありますよね」

「粗末な宿に帰ったら、すぐに荷物をまとめて、空港に向かうといい。さもないと…

……」

「犬をけしかけるとか？」李奈は髭面を見かえした。

髭面の尖《とが》った目つきが凝視してくる。やがてふっと笑いを浮かべると、髭面は身を引いた。ほかの男たちとともに、雑踏に紛れるように立ち去っていく。

脅しはもう充分と判断したのかもしれない。じつのところ李奈の膝《ひざ》は震えていた。立っていられなくなり、李奈は煉瓦《れんが》壁を背に、その場に座りこんだ。

両手で頭を抱えこみ、ひとりうつむく。身体の震えがとまらない。泣きたくなるほど怖かった、いまになってそれを実感する。帰りたい、そんな思いだけが胸のうちにひろがる。ここでなにをしているのだろう。目的を失念してしまいそうだ。遠い外国で孤立無援になってまで、いったいなんのために抗《あらが》わねばならないのか。

21

ボンドストリートの豪華な建物の狭間《はざま》、粗末な安宿の狭い部屋。李奈が自室に帰ったとき、外はもう真っ暗だった。上げ下げ窓の外、二階から見下ろす石畳は濡《ぬ》れているのがわかる。いつしか霧雨が降っていた。

見知らぬイギリス人たちに脅されたときには、すっかり萎縮《いしゅく》してしまった。しかし部屋でシャワーを浴び、下ろしたての服に着替えてからは、また余裕が戻ってきた。窓辺の小さなライティングデスクに向かい、ノートパソコンを広げる。意見書と呼ぶべきか、あるいは報告書になるのか、とにかく発見した事実を文章にまとめ始める。

書きだすと自信が宿ってくるのが作家の性分だった。なんといっても詳細に調べあげてある。『バスカヴィル家の犬』発表まで、日英同盟という概念さえも、イギリスの大衆には芽生えていなかった。ロビンソン作とされる原稿は、ドイルの執筆よりも前に書かれてはいない。それが真実だ。あとはすべてを冷静に、具体的かつ論理的に説いていくだけでしかない。状況証拠の積み重ねではあるが、どこの権威だろうと再調査を実施すれば、同じ結論に行き着くだろう。

ウェッジウッドが認めていた。もし英国文学史検証委員会の面々が、ブックメーカーで儲ける気なら、軽蔑に値すると。そのひとことだけで百万の味方を得た思いだ。英文学界にも反権力の姿勢はあるとわかった。国立歴史資料保管棟、報道記録室の職員であっても、権威に媚《こ》びたりしない。イギリス国民の自立精神には感動さえおぼえる。

キーボードに這《は》わす両手がひっきりなしに動きつづける。文章を書き進めるうち、ふと背後に物音をきいた。

李奈は手をとめた。ドアを振りかえる。廊下を立ち去る靴音がきこえた。靴音は階段を下りていき、やがてフェードアウトした。それっきりなにもきこえなくなった。

ふとドアの下端に封筒らしきものが差しこまれているのに気づく。李奈は立ちあがった。腰が引ける思いでドアに歩み寄る。じつは封筒は餌にすぎず、近づいたとたんドアが弾《はじ》けるように開き、何者かの襲撃を受けるのでは。

自分にあきれながら頭を振る。ドアは内側から施錠してある。なにかにつけ危機的シチュエーションを想像しがちなのは、やはり小説家の職業病だろうか。

封筒を拾いあげる。横長の西洋封筒だった。"Dear Ms.Rina Sugiura"と記されている。切手も消印も住所表記もない。郵送でなく直接届けたのだろう。裏の差出人は"Nate Wedgewood"とある。

ウェッジウッドからだ。李奈は封筒を開けた。まず取りだされたのは一枚のメモだった。達筆な日本語で書かれている。

> これが見つかりました。
>
> ウェッジウッドより

もう一枚、折りたたまれた紙をひろげる。コピー用紙だった。古い印刷媒体の複写のようだ。『タイムズ』紙だったがサイズが小さく、しかも〝Extra〟とある。たぶん号外という意味だった。

李奈はスマホをとりだし、翻訳カメラアプリを起動させた。カメラレンズを文面に向ける。報道記録室では煙たがられる行為ゆえ自粛したが、コピー用紙が対象物なら、スマホを取り落としても心配ない。

カメラを通じ、スマホのモニターに表示される文面が、自動的に日本語に翻訳される。李奈は見出しを目にした瞬間、愕然《がくぜん》と立ちすくんだ。

日本との同盟へ――1901年3月21日(木) タイムズ 号外

ドイツ政府が大英帝国および日本との三国同盟の可能性を示唆したとの報を受け、第三代ソールズベリー侯爵ロバート・ガスコイン＝セシル首相は、目下ロシアへの対応をめぐり、ドイツおよび日本との同盟を検討し始めた。

首相は第五代ランズダウン侯爵ヘンリー・ペティ＝フィッツモーリス外相に、日本との交渉を一任する考えであると述べた。同盟締結への道のりは長く、閣僚内には慎重論も多いが、たとえばわが国のヴィッカース社が、百二十万ポンドの費用で日本の戦艦三笠《みかさ》を建造、すでに進水しているなど、軍事面での協調はすでに実施されている。ロシアの脅威を背景に、ドイツに先んじて日本との同盟が、にわかに現実味を帯びてきている。

アーサー・ジェームズ・バルフォア第一大蔵卿《きょう》とジョセフ・チェンバレン植民地相も、この件について会談をおこない……


「そんな」李奈は思わずつぶやいた。「そんな……」

くずおれそうになり机に寄りかかった。スマホをベッドに投げだし、原文を自分の目で確認する。英語読解力に乏しくとも、Japan の表記はあちこちに躍っている。のみならず“Anglo-Japanese Alliance”、すなわち締結後に日英同盟の正式名称となる表記も、すでに未来の可能性として記事内にあった。

めまいが襲ってくる。コピー用紙を持つ手が震えた。『タイムズ』紙に載らなかったのは、取るに足らないニュースと軽視していたからではない。本紙とは別に号外がでるほど、メジャーな政治動向として、とっくに大衆に報じられていたため……。まさかそんな背景があったなんて。

一九〇一年三月二十一日の『タイムズ』号外。ロビンソンは原稿の執筆用に、この記事を知りえた。そうでなくとも号外を読んだロンドン市民が、最新の話題として取り沙汰《ざた》したにちがいない。そのうちロビンソンの耳にも届く。大衆に浸透しているニュースであればこそ、ロビンソンが最新の話題として小説に取りいれる。そこにはなんの不自然さもない。

焦燥が募ってくる。李奈は額に手をやった。いつの間にか大量の汗が滲《にじ》んでいる。無駄だったのだろうか。なにもかも徒労に終わった。英国文学史検証委員会の精査に、個人の力で太刀打ちできると思ったことが、そもそも甘かったのかもしれない。

だがウェッジウッドはなぜ手紙だけを置いていったのだろう。ドアをノックすることさえなかった。李奈がショックを受けると思い、あえて顔を合わせなかったのか。その気遣いは正しい。いまもひどく狼狽《ろうばい》している。呻《うめ》きながら頭を掻《か》きむしるばかりでしかない。

ウェッジウッドが手紙を置いていったのはついさっきだ。ここは二階だった。階段を下り、小さなロビーを突っ切れば、すぐ外へでられる。彼はまだ表通りにいるかもしれない。

李奈は上げ下げ窓に駆け寄った。石畳の道路を見下ろす。

はっと息を呑《の》んだ。ウェッジウッドの後ろ姿が路上にあった。立ちどまっている。ほかにも数人の男たちがいた。リーダー格はあの髭面《ひげづら》だった。ラッセル・スクウェア駅の前で李奈を脅迫していたグループが、あろうことかウェッジウッドと一緒にいた。髭面が神妙な顔で右手を差しだした。指先には二つ折りの札束が見てとれる。ウェッジウッドは周囲の目を気にするように、あちこちに視線を配ったのち、札束を受けとった。

衝撃が悪寒となり全身を駆けめぐる。李奈はいま見たものを信じられなかった。英国文学史検証委員会が雇ったとおぼしき脅迫集団から、ウェッジウッドが謝礼を受けとった。彼らに買収されている。李奈の主張を根本的に否定する証拠を、ウェッジウッドは無言のうちに届けた。希望を完全に打ち砕いた。

髭面の目線があがり、こちらを仰ぎ見ようとした。ウェッジウッドも振りかえろうとしている。李奈はあわてて身を引いた。後ずさり窓から距離を置く。床の荷物に踵《かかと》がぶつかった。李奈は体勢を崩し、その場に尻餅《しりもち》をついた。スーツケースから舞いあがった衣類が降りかかる。

李奈は床にうずくまった。自分の嗚咽《おえつ》が静寂にこだまする。涙がとめどなく流れ落ちた。無理だった。素人の日本女性が、英国文学史検証委員会に楯突《たてつ》こうなど、そもそも不可能でしかなかった。

22

李奈はベッドに横たわり、ぼんやりと天井を眺めていた。

ロンドンの安宿の天井ではない。ここは自分の寝室だった。日本に帰ってからもう数日が経過していた。旅行用トランクは開けもせず、リビングの隅にほったらかしてある。衣類をとりだし洗濯する気力もない。

着替えだけは毎日している。入浴しては、クローゼットのなかにある服を、なにも考えずに着る。ほかにはなにもしていない。小説の執筆も手につかなかった。

カーテンの隙間から明るい空がのぞく。いまは昼過ぎか。時差ボケのまま、時間の感覚をすっかり喪失している。寝室のドアは半開きになっていた。隣のリビングから優佳が顔をのぞかせた。

「李奈」優佳が小声できいた。「なにか食べない？　出前館で頼むけど」

「……なんでもいい」

「和食？　洋食？」

「まかせる」李奈は壁際に寝返りを打った。

しばらく沈黙があった。優佳がドアを離れていく気配がある。

あれからすぐに帰国したわけではない。翌日にはまた国立歴史資料保管棟の報道記録室へでかけた。ウェッジウッドはいなかったが、顔見知りのスタッフが対応してくれた。

『タイムズ』紙の号外の複写を提示すると、スタッフはうなずいた。原本を探しだし、李奈に見せてくれた。タブロイド紙よりひとまわり小さな紙だった。古くなった紙質や印刷ぐあいは、当時の『タイムズ』本紙と共通していた。原本と複写を見比べたが、一字一句同じだとわかった。

号外はまったく別の場所に保管されていたため、李奈が連日各紙を調査しているあいだ、ウェッジウッドも存在を忘れていたのだろう。しかし英国文学史検証委員会は号外を知っていた。ウェッジウッドに金を握らせ、李奈のもとに号外の複写を届けさせた。なんにせよ号外は正規の保管物だった。

報道記録室で李奈は号外の内容を吟味した。書かれていることは本当だろうか。さまざまな文献をあたったが、もう疑いの余地はなかった。さすが『タイムズ』、記事には真実のみを書いている。当時の閣内で力を持つのは、ソールズベリー首相やランズダウン外相、バルフォア第一大蔵卿ら六人。彼らの名や称号の表記にも落ち度はない。ドイツやロシアをめぐる関係も正確だ。戦艦三笠はたしかにヴィッカース社の造船所で建造、一九〇〇年十一月に進水。翌年の一九〇一年三月にこの号外がでたときには、とっくに既成事実になっていた。建造費用は船体が八十八万ポンド、兵器が三十二万ポンド、合計百二十万ポンドで記事どおりだった。Anglo-Japanese Alliance という表現が、同盟締結より先んじて用いられたのも、なんら不自然なことではないとわかった。

なにひとつ誤りはない。号外がでている以上、李奈の主張は根本から覆されてしまった。

念のため帰国後、国際文学研究協会事務局の美和夕子にもコピーを見てもらった。夕子は英国史の専門家にまわしたが、記事は当時のものとの結論だった。万能鑑定士Qこと小笠原莉子にもメールしてみた。ニューヨークで多忙な日々を送る莉子から、奇跡的に返信があった。複写なので紙質などは判断できないとしながらも、活字やレイアウトは当時の『タイムズ』紙号外でまちがいない。莉子はそういった。

もう絶望だった。帰りの飛行機で李奈はぼろぼろ泣いた。精も根も尽き果ててマンションの自室へ戻ったが、ベッドにまで達することさえできず、リビングの床で寝てしまったのをおぼえている。優佳が心配して訪ねてきて、もう何泊かしているはずだ。

また半開きのドアから優佳の声がきこえてきた。「李奈。トランクの鍵《かぎ》どこ？」

「なんで？」

「洗濯するからさ」

「いいよ。自分でやる」

「いつ？　ほっとくとカビ生えるよ」

ため息とともに李奈はベッドから起きだした。立ちくらみが襲ってくる。ドアを抜けリビングに入ると、放置されていたトランクを転がし、洗面所へ向かった。「鍵どこにしまったっけ」

優佳がついてきた。「李奈。直木賞の受賞発表まであと一週間だし、いまはのんびりしてりゃいいと思うけど……。小説は少しずつ書き進めたほうがいいんじゃない？あとで仕事が立てこむと厄介でしょ」

「さあ……。いま頭が真っ白で。文章とか浮かびそうにない」

「ならアイディアとかプロットをぼんやりと考えたら？　邪魔ならわたしも帰るけど」

「いいってば。ご飯頼んでくれたんだよね。一緒に食べようよ」

李奈の言葉に優佳が戸惑いをしめす。無理もない。ずっと友達と口もきかず、どこか煩わしげな態度をとるくせに、帰ろうとすると引き留める。めんどくさい女にちがいないと李奈は自分について思った。孤独になりたくなかった。櫻木沙友理が李奈を同居させたがった理由が、いまになってわかる気がする。

トランクを洗濯機のそばまで運んだが、鍵を探す気になれず、またリビングに舞い戻った。李奈は力なくソファに横たわった。

「ったく」優佳が顔をしかめた。「気持ちはわかるけど、そろそろ立ち直らないとさ」

「ねえ優佳」李奈はささやいた。「わたしは思いあがってたのかも」

「そんなことないじゃん。純粋に文学のために頑張ったんでしょ。もう小説家に戻って、賞の行方だけを心配しなよ」

「きっと選考委員からは愛想を尽かされてる……」

「関係ないって。世の移ろいは早いよ？　犬騒動だってもう過去の話になってる」

「英国文学史検証委員会が結論をだすのって、あさってだっけ」

「だったかな……。いちおうニュースで観た。イギリスのダートムア・チャグフォード・ホールってとこで大々的に発表とか。王室からウィリアム皇太子も来るって」

権威固めに余念がない団体だった。これでもう『バスカヴィル家の犬』ロビンソン作は既成事実になる。研究者のたどり着いた結論がそうであるなら、別にかまいはしない。しかし問題は団体の姿勢だ。ブックメーカーへの参加の可能性に、イギリス国内でも批判の声があがっているものの、本人たちはどこ吹く風という態度らしい。賭《と》博《ばく》にはいっさい触れずに、淡々と学術発表だけをおこなう。裏ではみずから大金をせしめる。ドイルもロビンソンも、シャーロック・ホームズまでも、薄汚れた金儲《かねもう》けの材料にされてしまっている。

優佳が歩み寄ってきた。「気分転換が必要？　なら大阪行ってＵＳＪで遊ぼうよ」

「スヌーピー見ただけで犬騒動を思いだしそう」

「犬種ぜんぜんちがうじゃん。いいから立ちなって」

優佳が笑いながら手をひっぱる。李奈はつられて苦笑しながら抵抗した。

するとスマホが鳴った。優佳が寝室へ行き、李奈のスマホを持ってきた。「電話だよ」

画面には〝講談社　松下登喜子〟と表示されている。李奈はスマホを受けとると応答した。「はい……」

「杉浦さん？」講談社の担当編集、三十代の松下登喜子の声がきいた。「いまだいじょうぶ?」

「なんでしょうか」

「今度の新作、だいたい何ページになりそう?」

「分量ですか……。すみません。まだ執筆の途中なので」

「だいたいでいいのよ」

「なるべく早めにご返事します……」

「お願いね。でも無理しなくていいのよ」

李奈はため息をついた。「講談社の社屋を大型犬が駆けまわったんですよね。本当になんとお詫《わ》びすればよいか」

「だからそれも杉浦さんのせいじゃないし。早く気持ちを切り替えて執筆をつづけてね。じゃ、また」

「ありがとうございます。努力します。それでは」李奈は頭をさげつつ電話を切った。

優佳が微笑した。「犬騒動を謝れてよかったじゃん」

「松下さんが期待するような新作を書かなきゃ……。あー、でも憂鬱《ゆううつ》。ずっと集中できない。いまの電話もなんだかもやもやする」

「わかる。牛みたいに大きな犬が編集部を駆け抜けたんだもんね。想像するだけでも寒気がしてくる」

　それはたしかにそうだ。しかし李奈の胸につっかえているものは別の話題だった。なにが気になっているのだろう。担当編集の要請に即答できなかった。宿題を残す生徒のように落ち着かない。

　ふいにあることに気づいた。とたんに想像もしなかった境地まで推論が達した。落雷に打たれたかのように目が見開かれる。李奈は思わず大声をあげた。「あー!」

「な、なに?」優佳が驚きの顔で見かえした。「びっくりするじゃん」

　思考がまだ鈍い。心だけが先走っている。しかし徐々にあきらかになってきた。李奈は跳ね起きると、優佳の両腕をつかんだ。「わたし小説の長さなんて、書き終わるまでわかんない!」

「そう……なの?　それがどうかした?」

　じっとしてはいられない。李奈はソファを離れると洗面所へ駆けていった。

　優佳が追いかけてくる。「李奈!?　ひょっとしてロビンソン作の原稿、長さが変だとか?」

「いいえ」李奈はさっきのトランクをまた転がし、リビングへと戻りだした。「そこはべつに変じゃないし」

「ちょっと、李奈。なんでトランクを戻すの？　洗濯は？」

李奈はトランクを寝室まで押していった。「またでかける」

「でかけるってどこへ？」

「ダートムアさ」李奈は『白銀号事件』の台詞《せりふ》を口にした。「キングス・パイランドだ」

「とうとう頭がいっちゃった？　ねえ李奈、ダートムア地方は実在するけど、キングス・パイランドはドイルの考えた架空の地名でしょ」

「わかってる。でもダートムアへ行かなきゃならないのは事実」

「戻ったばかりで、またイギリスへ行く気？　なんでよ」

着替えねばならない。李奈は優佳を寝室から閉めだしながらいった。「白濱瑠璃さんにメールしといて。いま十一巻を書き進めてるだろうけど、尻切《しりき》れトンボで終わったりはしない。今回もちゃんとミステリとしてオチがつく。っていうか、つけてみせる」

23

ロンドンのヒースロー空港から、南西部のダートムアへの旅は四時間以上もかかる。李奈はスマホのグーグル翻訳を駆使しまくった。レディング駅まで一時間ほど、乗り換えてトットネス駅、また乗り換えたのちマーリーヘッド駅。そこから先の三十キロはクルマに乗るしかないが、学術発表イベントがあるため臨時のバスがでていた。ダートムア国立公園は、まさに『バスカヴィル家の犬』に書かれたとおりの、荒涼とした大地だった。そこから北東へは地元の路線バスがチャグフォード村へと結ぶ。

学術発表の会場に指定された、ダートムア・チャグフォード・ホールなる場所があるからには、それなりに都会だろうと李奈は考えていた。しかし自然豊かなダートムアにあって、そんな街並みがまっているはずがなかった。バスが到着したのは、NHKの『世界ふれあい街歩き』で観るような、西洋の素朴な村落だった。石造りの古い建物が軒を連ねる。教会も『ハリー・ポッター』風の外観を誇る。ふだんは閑散とした田舎にちがいない。ただしきょうは大勢の人々でごったがえしている。

村の端にあるダートムア・チャグフォード・ホールは、さすがに新しい建築物だったが、切妻屋根だけが特徴的な講堂という感じだ。内部も学校の体育館と同じぐらいの規模で、板張りの床に無数の椅子を並べてある。正面には舞台があり演壇が設けられていた。天井の傾斜に天窓がある以外、特に洒落《しゃれ》た内装ではない。張り紙によれば毎週金曜日には、ここで村民によるマーケットが開かれるらしい。

いま舞台の手前に大勢の記者らが詰めかけている。村民や一般の観光客は、後方に立ち見席が設けてある。そこも満員に近いのは、ウィリアム皇太子が来訪しているからだろう。李奈もパスポートを見せるだけで立ち見席に加われた。もっとも、混雑のなかでは皇太子の存在など、まったく視認できなかった。

各国の研究チームの代表者が次々と登壇する。舞台上に搬入された大型モニターには、ロビンソン作とされる原稿や、地図や年表などが映しだされた。早口の英語はまったくききとれない。舞台のわきにはサブの演壇があり、フランスやドイツの研究チームの発表では、そこに通訳が立った。

人々の反応を見てみると、ウィリアム皇太子が来るがゆえ集まった物見高い群衆、それ以外のなにものでもなかった。学術発表にはあまり関心がないようだ。記者らはもう少し前向きだが、状況証拠の積み重ねを延々ときかされることに、少々うんざりした態度をしめしている。

それでもこれだけの報道陣を、こんな片田舎に集めたからには、英国文学史検証委員会のもくろみは大成功といえるだろう。小説の舞台となっているダートムアで、きょう歴史的な発表がおこなわれる。このイベントを後世に残るものとして記録させると同時に、ブックメーカーにまつわる疑惑を払拭《ふっしょく》し、団体の真剣さをアピールする。いくら金儲《かねもう》けというそしりを受けようとも、これは学術発表なのだと頑《かたく》なな態度を突き通せば、そこだけが史実に刻まれる。皇太子まで招きえた以上、もう権威付けは充分すぎるほどだった。

英語が一部しかききとれなくても、モニターに映しだされる静止画により、内容が断片的に理解できた。マクラグレン教授が事前に明かしたとおり、どの国の研究チームもロビンソン作との結論に至ったようだ。

シャーロック・ホームズものの人気作でありながら、『バスカヴィル家の犬』はコナン・ドイル作ではなかった。間もなく英国文学史検証委員会の代表者が登壇し、きょうの総括としてそんな結論を発表するだろう。

左の壁際に居並ぶ数十人の年配者らが、英国文学史検証委員会の面々らしい。そのなかにマクラグレン教授の顔があった。研究チームの発表に耳を傾けるものの、ときおり隣の席と談笑している。満足のいく状況と感じているにちがいない。

やがて拍手が沸き起こり、研究チームが舞台を降りた。司会者の声がスピーカーを通じ、厳かに反響する。英国文学史検証委員会のなかから五人が立ちあがった。うちひとりはマクラグレン教授だった。五人は登壇し、英語で挨拶《あいさつ》した。

教授以外のひとりがスピーチを始めた。慣用句だったおかげで、冒頭だけはききとれた。"Let me get straight to the point"といった。『結論から先に申しあげます』という意味だ。

総括に入った。どうすればいいだろう。異議があるとの意思をどのようにしめせばいいのか。

ぐずぐずしてはいられない。李奈は海外ドラマの法廷シーンでおぼえたひとことを、大声で口にした。「異議《オブジエクション》あり！」

ホール内はしんと静まりかえった。誰もがいっせいに李奈を振りかえる。壇上の五人も沈黙し、眉《まゆ》をひそめながらこちらを見つめた。

いってしまった。李奈の背筋を冷たいものが駆け抜けた。もうあとには退《ひ》けない。

五人のうちひとり、マクラグレン教授が面食らった顔になった。英語でなにやらつぶやくと、聴衆がざわつきだした。

マクラグレンは日本語に切り替えた。「杉浦李奈先生ではないですか。失礼ながら部外者は黙っていていただけませんか。皇太子殿下もおいでだというのに」

李奈は負けじと声を張った。「教授はわたしに依頼なさいましたよね。もし文学史における真実を探求したいという思いであれば、貴重な新発見を聞き漏らすような愚は犯さないんじゃないでしょうか」

日本語のやりとりは列席者らに理解できない。誰もが訝《いぶか》しげな面持ちを向けてくる。マクラグレン教授は微笑すると、壇上にいる四人の仲間に、なにやらひそひそと話しかけた。それが済むとマイクに口を近づけ、英語で演説をぶった。李奈にききとれないよう、極端な早口で喋《しゃべ》っているのは明白だった。

すると人々が笑いだした。マクラグレンが話しつづけると、いっそう笑い声が大きくなった。まるでスタンダップコメディアンの演目を前にする観客の反応だった。マクラグレンの声が興奮ぎみに大きくなり、列席者も立ち見客も、みな笑顔で拍手しだした。誰もが李奈を見つめている。

なにを喋ったかは見当がつく。リナ・スギウラと名を呼んだのはききとれたからだ。ユーチューブともいった。犬に吠《ほ》えられた動画で一躍有名になった日本の女性作家。スピーチの長さからして、おそらく経緯についても明かしたのだろう。じつはマクラグレン教授から杉浦李奈に、原稿の真贋《しんがん》分析を依頼した。しかし彼女は犬に吠えられる嫌がらせを受け、怯《おび》えきって辞退を表明。皆様ご承知のとおり、犬は水蒸気の首輪と緑いろのLEDという最新テクノロジーで、バスカヴィルの魔犬を巧みに再現しており……。そんな言いぐさで茶化したのがわかる。

マクラグレン教授が見つめてきた。「杉浦先生。もう充分に注目を集めたでしょう。どうか警備員の手を煩わせる前にご退出を。これから私たちの発表が……」

ふいにマクラグレンの顔から笑いが消えた。五人が揃って客席を見下ろす。みな恐縮したようにかしこまって立ち尽くした。客席にいる別の男性の声がぼそぼそと告げる。立ち見席がざわつきだした。目を輝かせた婦人が、Prince of Wales とささやいた。この声はウィリアム皇太子らしい。

やがてまた沈黙が訪れた。壇上の五人が硬い顔を突き合わせる。マクラグレン教授が咳《せき》ばらいをし、日本語で告げてきた。「杉浦先生。恐れ多くも皇太子殿下が、せっかくだからあなたの意見をききたいとおっしゃっている。なにか発表できるものをお持ちかな」

「はい」李奈は答えた。

「それは結構。ただしきょうここには、日本語のわかる通訳の用意はなくてね。英語でお願いしたい」

マクラグレンは勝ち誇った表情を浮かべていた。李奈が英語を話せないのを承知のうえで無茶振りをしてきた。登壇させるまでもない、そういいたげな面構えだった。

しかし客席がまたもざわつきだした。わきの通訳席にひとりの女性が登壇したからだ。

長い黒髪に色白の小顔、猫のように大きな瞳《ひとみ》。ジャケットの胸もとにジャボットがのぞく姿は、まさしく『万能鑑定士Qの事件簿』第一巻のイラストそのものだった。

小笠原莉子はマイクを通じ、流暢《りゅうちょう》な英語を響かせた。自己紹介したうえで立場を説明したようだ。李奈は驚かなかった。彼女に来てほしいと要請したのは李奈だった。

米国鑑定士協会《ASA》の一員として忙しい莉子に、李奈はダメもとでメールを送った。返事をまたずイギリスへ出発せねばならなかったが、ヒースロー空港に着いたとき、なんと莉子から返信が入っていた。彼女は急遽《きゅうきょ》ニューヨークから渡ってきた。ＡＳＡの権威を行使し、今回の学術発表における正式な出席者に加わったという。

莉子が日本語でうながしてきた。「杉浦さん」

李奈は緊張とともに歩きだした。立ち見席から報道席のあいだに延びる通路へと進み、前方の舞台へと向かう。さっきとは一転し、厳粛な空気が包んだせいか、拍手はなかった。静寂のなか李奈は舞台の手前に立った。ゆっくりと短い階段を上る。

演壇にはまだ五人がとどまっていた。だが李奈が壇上に立つ前に、ひとりふたりと去って行った。最後まで残ったのはマクラグレン教授だった。鋭い眼光を放ち、冷やかに李奈を見つめる。李奈も無言でマクラグレンを見かえした。

やがてマクラグレンは演壇から退いた。なおも不満げに睨《にら》みつけながら階段を下りていく。

舞台の上には李奈ひとりが立った。演壇から聴衆を見下ろす。異国の人々の顔がいっせいに注視してくる。青や緑の目がある。日本とはまるでちがう眺めに、途方もない緊張に包まれる。

客席の最前列に、なんとウィリアム皇太子がご着席だった。側近らしき一行が周りの席につき皇太子を囲んでいる。ニュースで拝見したままのご尊顔がこちらを見上げる。まるでテレビを観ているようだと李奈は思った。李奈は恐縮しながらおじぎをした。皇太子は軽くうなずかれた。

マクラグレン教授が客席からヤジを飛ばした。「杉浦先生、予定外の飛びいりにあまり時間は割けない。手短に頼む」

そのつもりだと李奈は思った。これが小説ならもう佳境の274ページぐらいだ。あとは結論しかない。

スマホが短く振動したのを感じる。とりだして画面を確認した。母親からメッセージが入っていた。〝李奈いまイギリス？　テレビに映ってるじゃないの。がんばって〟とある。

李奈はテレビカメラの放列をちらと見た。日本へも中継があるらしい。ほかの国々でも視聴されているだろう。さしてプレッシャーにはならない。いうべきことをいうだけだ。李奈はマイクに告げた。「ロビンソン作とされる原稿の七十八枚目に〝日本との同盟の是非が論じられる〟とあります。国立歴史資料保管棟の報道記録室にあった、当時の新聞すべてをチェックしました。『バスカヴィル家の犬』が発表される一九〇一年夏までに、日英同盟の可能性を報じた新聞は一紙もありません」

莉子が同時通訳並みの速度で、李奈の声にかぶせながら英語で喋った。

だがそれが終わりきらないうちに、マクラグレン教授が声を張りあげた。「異議《オブジェクシ》あり《ヨン》！」

ホール内に笑いが渦巻くなか、立ちあがったマクラグレンが英語でまくしたてた。

すると莉子が李奈に日本語でいった。「さっきのアメリカとシンガポールの発表をきいていなかったのかって。日英同盟の模索段階は三月二十一日の『タイムズ』号外で報じられてると」

長テーブルについたスタッフがノートパソコンを操作している。舞台上の大型モニターに、号外の紙面が大写しになった。群衆から控えめな笑いと、ぱらぱらとまばらな拍手が起きる。

李奈は動じなかった。「日英同盟締結の号外はいつ発行されましたか」

莉子が通訳するや、人々はまた静まりかえった。マクラグレンが怪訝《けげん》そうな顔になり、今度は日本語できいた。「なんだって？」

「翌一九〇二年一月、本当に日英同盟が締結されたときの号外です」

「そんなものは……確認していない。無意味だ。『バスカヴィル家の犬』がもう発表済みの時期だからな」

「号外はでていません。本紙に小さな記事があるだけです。おかしくありませんか。〝日本との同盟へ〟が号外になっているのに、〝日本との同盟締結〟はろくに報じられていません」

莉子はふたりの会話を通訳しつづけていた。おもに立ち見席がまたざわめきだした。報道陣も真顔になっている。

マクラグレンが憤然と腕組みをした。「どういう趣旨で報道されたかを邪推しても意味がない。残っている記録がすべてだ」

李奈は抗弁した。「のちに編纂《へんさん》された年鑑では、一九〇一年の同盟模索も、翌年の締結も大きな扱いになっています。でも本紙では、同盟模索段階の記事は皆無、締結についてはごく小さな扱い。この意味がわかりますか」

「わかりかねるな」

「大英帝国もソールズベリー首相も、日本を軽視していたから、報道もそれに倣《なら》いました。でも実際に同盟に至ってからは、外交判断の意義を強調するためにも、一転して大きく喧伝《けんでん》し始めたんです。と同時に、日本を無視してきた態度について、新聞社は修正を企てました」

「修正だと？」

「本紙のバックナンバーにはいっさい記載がないから、号外というかたちで発行されていたことにしたんです。同盟締結の直後に」

「『タイムズ』がそんなことをしたというのか」

「ご存じだと思いますが、イギリスの新聞各社は一八四〇年のアヘン戦争でも同じ手を使っています。清国産の茶が高騰したのに対し、イギリスからは売る物がないため、アヘンを大量に持ちこんだことが戦争の発端でした。これに触れなかったことを国際社会から非難され……」

「じつは号外でちゃんと伝えていたと新聞各社が反論した」マクラグレン教授の表情が曇りだした。「……だが実際には号外はあとで刷ったと判明した」

「これも同じです。報道の務めを果たしていなかったと、のちに責められるのを回避するため、号外をだしたことにしたんです。アヘン戦争ほど悪質な隠蔽《いんぺい》ではなかったため、工作は発覚せず、報道記録室に号外が保管されるうち、歴史のなかに埋もれました」

「だとしたらどうだというんだ」

「一九〇一年夏までのあいだに、ドイルもロビンソンも日英同盟を知りえませんでした。ドイル作とされる『バスカヴィル家の犬』には、日英同盟に触れるくだりはありません。でもロビンソン作とされる原稿にはある。彼の原稿は少なくとも同盟締結の一九〇二年一月以降に書かれたんです」

莉子が通訳した。報道陣までが大きくざわついた。ウィリアム皇太子も側近と話しこんでいる。

マクラグレンが立ちあがった。「詭弁《きべん》だ！　どこにそんな証拠がある。素人の若い日本人がなにをいおうとも、われわれ専門家が逐一査読したことだ。イギリスにおける歴史研究の最高権威らが、この号外の記事を精査した。科学鑑定もおこなった。これは一九〇一年三月に配布されたんだ。どこにも不自然なところはない！」

次いでマクラグレンは早口の英語を響かせた。顔面を紅潮させ、額に青筋を浮かびあがらせる。いま日本語で喋《しゃべ》ったのと同じことをまくしたてているらしい。莉子の通訳を信用ならないか、あるいは迫力不足だと思ったのだろう。

　李奈はいった。「証拠はあります」

　また沈黙がひろがった。マクラグレンは目を剝《む》いた。「なんだと……？」

「これが一九〇一年三月の号外のわけがないんです」

「ふざけるな。わが国の専門家の意見を、きみのような日本人女性が覆せるか」

「あなたの国の専門家だからわからないんです。戦艦三笠のことを」

「三笠……」マクラグレンは大型モニターに視線を向けた。「〝わが国のヴィッカース社が、百二十万ポンドの費用で日本の戦艦三笠を建造、すでに進水している〟。事実だ。一九〇〇年十一月八日に進水した。翌一九〇一年三月の号外に載っていて当然……」

「費用がちがいます」

「ちがうだと？　百二十万ポンドで正しい。あらゆる記録を検証済みだ」

「八十八万ポンドでなきゃおかしいんです」

「なっ」マクラグレンが絶句する反応をしめした。

　通訳をきくと人々がどよめきだした。カメラのシャッターがさかんに切られる。ほとんどのレンズはマクラグレンに向き、そのうろたえがちな表情をとらえていた。

「でたらめだ！」マクラグレンは怒鳴った。「一九〇〇年十一月八日に就航したんだぞ！」

李奈は淡々と告げた。「進水《ローンチ》です。竣工《コンプリーション》でも就航《イナギュレーション》でもありません」

「きみみたいな若い女性が軍艦のことなんかわかるものか。私だってファンデーションやルージュの種類には詳しくない。知りたいとも思わん」

「ええ。わたしだって、男の人が目を輝かせて野蛮な武器を語りたがるのは、どうにも好きになれません。苦手です。でもこれは謎解きゲームじゃありません。あらゆることを学ばなきゃ小説家でいられない」

「きみに小説家を名乗る資格があるのか」

「小説は書き終わるまで分量がわかりません。ページ数が不明なら、まだ予価もつけられない」

「いったいなんの話を……」

「戦艦三笠の発注は一八九八年九月二十六日、起工が一八九九年一月二十四日、進水一九〇〇年十一月八日、そして竣工が一九〇二年三月一日です」

「そんなものになんのちがいがある」

進水とは就航だととらえられがちだ。イギリスでもそうらしい。だが軍艦の場合、そこには大きなちがいがある。

イギリスに出発する直前、田中昂然の家へ行きレクチャーを受けてきた。李奈はマクラグレンを見つめた。「船台の上に竜骨《キール》が載ったときが起工。進水というのは、鉄骨が剝きだしのまま船体だけ組み、甲板以上の上構部分もない状態で、とりあえず海に浮かべた状態です。進水命名式がおこなわれても、竣工の日を迎えなきゃ完成じゃないんです」

「だからなんだというんだ！　進水時に百二十万ポンドの建造費が計上されていたから号外に載ってる。それだけだろう」

「ちがいます！」李奈は声を張った。「なんの装備もない船体が八十八万ポンド。進水時にはっきりしていた費用はそれだけです」

「へ、兵装にはきっと事前見積もりが……」

「大量生産品の家電じゃないんですよ！　どれだけかかるか正確にはわからないし、軍事機密でもあったんです。進水後に日本海軍から大勢の艤装要員が出向し、兵装の詳細に注文をつけ、百二十万ポンドまで費用が膨らみました。竣工の一九〇二年三月一日、サウサンプトンで日本海軍へ引き渡されるまで、誰も建造費の総額を知るわけがありません！」

莉子の通訳をきき、報道陣も一般客もいっせいにどよめいた。マクラグレンは汗だくになり、狼狽《ろうばい》をあらわにしていた。同僚たちを振りかえり、さかんに助けを求めるが、どの顔にも困惑のいろがある。

無理もないと李奈は思った。イギリスの小説に関することは、日本人にわからないとマクラグレンは高《たか》をくっていた。しかしこれは『タイムズ』のミスだ。号外の発行日に不明だった情報が載っている。ただでさえ〝ローンチ〟と〝コンプリーション〟は、イギリスの文献における軍艦の記述でも、混同されがちな単語だった。

マクラグレンは居直るようにひきつった笑いを向けてきた。「日本にどんな記録が残っていようと、そっちがまちがっている可能性も否定できんだろう」

「そうです。だから第三者を含む多角的な歴史検証が終わるまで、結論は先送りにすべきです」

「そんな必要はない！　結論はわれわれ英国文学史検証委員会がだす」

「疑問点が残っていたのではブックメーカーが判定を迷うと思いますが」

「われわれの決定にこそ権限がある」

「それではブックメーカーが……」

「ブックメーカーに文句などいわせない！」

ふいに水を打ったような静けさがひろがった。

辺りの沈黙にマクラグレンが表情をこわばらせた。莉子が厳かに通訳すると、英国文学史検証委員会の面々に、あきらかな動揺がひろがった。

報道陣も信じられないという顔をマクラグレンに向けている。立ち見客ら聴衆も愕《がく》然《ぜん》としていた。

ブックメーカーに文句などいわせない。マクラグレンがブックメーカーの判定を意識していると明白になった。賭博《とばく》への参加が法的に問題なくとも、この学術発表によりブックメーカーの勝敗を決める意思があったことを、みずから公にしてしまった。

静寂のなか、ウィリアム皇太子がお立ちになった。側近らもあわてぎみに腰を浮かせる。険しいお顔の皇太子が無言のまま退出なされる。

張り詰めた空気がホール内に充満する。マクラグレンは打ちのめされたように下を向いた。両手で頭を抱え、ゆっくりと沈むように椅子に腰掛けた。同僚たちも一様に暗い面持ちだった。巨額の札束に羽根が生えて飛び去るのを見たのだろう。

これは世界じゅうに生中継されている。もうブックメーカーはおいそれと英国文学史検証委員会の断定に従わない。英国文学史検証委員会が、各国の専門家らの研究をとりまとめるだけならともかく、いまの発言により単純に八百長《やおちょう》が疑われるからだ。

莉子が安堵《あんど》の微笑を浮かべている。李奈も莉子に微笑みかえすと、聴衆に一礼し、舞台を降りようとした。

すると記者のひとりがなにかを喋った。フランス語だった。莉子が耳を傾けている。記者の発言が終わると、莉子が李奈に向き直った。

「杉浦さん」莉子が日本語でいった。「『バスカヴィル家の犬』はロビンソン作かどうか、あなたの意見をききたいって」

李奈は報道陣を見渡した。どの顔も興味深そうに李奈のスピーチをまっている。

小さくため息をつき、李奈は口もとをマイクに近づけた。「このたび発見された原稿が、本当にロビンソン作なのか、またそうであってもいつ書かれたのか、疑問点が残るため、まだ断定は不可能です。ドイル作か、ロビンソン作か、さまざまな意見はあるものの、議論はなおもつづくべきと思います。ただひとついえるのは……」

記者たちが前のめりになり、いっせいにICレコーダーを突きだしてくる。李奈は思わず当惑した。まるで政治家の重大発表だ。

自然に微笑がこぼれる。李奈は静かにいった。「『失われた世界』と共通する、壮大な風景描写のレトリック。『まだらの紐』『白銀号事件』にもみられる、不正確な動物の生態描写。長所も短所も、ドイルそのものと読めます。わたしは子供のころ、これをコナン・ドイル作だと信じて読みました。いつもどおりのシャーロック・ホームズ、いつもどおりのワトソンがそこにいたからです。ドイルという人が、この作品の著者かどうかは知りません。わたしにとって、この作品の著者が、愛すべきドイルなんです。皆様もきっと同じでしょう」

おそらく莉子の通訳が巧《うま》かったのだろう。聴衆は歓声とともに拍手しだした。李奈は唖然《あぜん》とした。報道陣は立ちあがってまで手を叩《たた》いている。アウェイを強く感じた異国の地で、いまや祝福の笑顔を向けられていた。

李奈は深々と頭をさげると演壇から離れた。階段を下りると莉子がまっていた。思わず急ぎ足で駆け下り、李奈は莉子と抱きあった。

なおも万雷の拍手がつづくなか、ふたりは歩きだした。莉子がふっと笑った。「進水と竣工かぁ。気づかなかった」

「莉子さんがですか？」

「軍艦とかよくわからないもの。女だし」

李奈は思わず笑った。「あの人たちもそれで侮ってたんでしょう」

「〝ブックメーカーに文句などいわせない〟って、あのひとことに追いこもうとしてたでしょ」

さすが莉子はお見通しだった。李奈はうなずいた。「チェスのゲームでした」

「おみごと。ここにいる誰も反論できなかった。あなたは歴史検証がまだ完全でないと知らしめた。文学研究の権威と呼ばれてる人たちの思いあがりを是正するには、それで充分」

ふたりが歩を進めるうち、開放された出口が目の前に迫った。澄みきった空は青く、陽射しも明るかった。素朴なイギリスの片田舎の向こう、緑と岩の織りなす丘陵地帯がひろがっている。どこかエキゾチックな絵画のようでもあった。

微風のなかで莉子がつぶやいた。「いかにも魔犬がでそうな眺めね」

「ええ。でもなんだか」李奈は思いのままを言葉にした。「もし出会ったとしても、なついてくれそうな気がします。犬笛なんか吹かなくても」

24

夏の夜。優佳は半袖《はんそで》ブラウス姿だった。李奈はセミフォーマルのドレスをまとわざるをえなかった。きょう人前にでるかもしれないからだ。

富士見坂の居酒屋、畳にあがる座敷に、李奈たちは集まっていた。すっかり元気になった曽埜田と、KADOKAWAの菊池、それに白濱瑠璃が一緒にいる。兄の航輝も同席していた。きょう土曜は会社が休みだ。

座卓に料理が並び、それぞれに飲み物も行き渡ったものの、みな妙におとなしい。誰もがそわそわしている。李奈以外も全員よそ行きの服を着ているのが、いささか滑稽《こっけい》ではある。なんにせよ一様に口数が少ないのは異様きわまりない。

「ちょっと」李奈は笑ってみせた。「せっかく集まったんだから食べようよ」

優佳は硬い顔のままだった。「呑気《のんき》すぎ」

瑠璃が箸《はし》を手にとった。「わたしは食べる。いただきまーす」

「おい」菊池が苦言を呈した。「杉浦さんが先だろう」

李奈は首を横に振った。「いいですって。お先にどうぞ」

曽埜田が居住まいを正した。「そうはいっても、宴《うたげ》の趣旨がどっちなのかわからなきゃ、乾杯もしづらい」

「趣旨って?」李奈はきいた。

兄の航輝が顔をしかめた。「わかるだろ。お祝いか、それとも、そのう……。残念会になるのか、この時間になってもまだわからない」

きょうは七月十九日。直木賞受賞者発表の日だ。午後四時以降というから、夜になれば結果がでていると思ったが、どうも選考が長引いているらしい。

菊池がじれったそうに腕時計を眺めた。「いつまでまたせるのかな。ここから帝国ホテルってタクシーで混むんだよ。銀座にしときゃよかったか」

李奈は拒絶した。「嫌ですよ。人目につくし、みっともないじゃないですか」

「なにがみっともないんだ。栄えある受賞を前に……」

「どうせ無理です。残念会ってことで始めちゃいましょう」

瑠璃がジョッキ片手に足を崩した。「そんなこといっちゃって。その服、新調したんでしょ？　記者会見にでる気満々じゃん」

「これは……。最初にロンドンへ行く前に買ったやつで……」

「ねえ李奈」瑠璃が遮った。「今度の事件、第十一巻にまとめたいんだけどさ。ドイルによるロビンソン殺害説ってどうなった？」

李奈は首を横に振った。「『コナン・ドイル殺人事件』と、それに基づく『週刊真相』の記事には、ロビンソンがパリで死んだと書いてあるけど、本当はロンドンで逝去したと記録に残ってる。ドイルもちゃんと葬儀に花輪を贈ってる」

「なんだ。でたらめだったの？」

苦笑とともに李奈はハンドバッグから一冊の洋書をとりだした。「角川本社ビルの蔵書。フレッチャー・ロビンソン著、アディントン・ピース警部の短編集。このなかに『トーマス・ハーンの謎/ダートムア物語』が載ってる」

「えっ」瑠璃が面食らった。「それ、ロビンソンの書いた『バスカヴィル家の犬』の元原稿じゃないの？」

「トーマス・ハーンって老人がでてくるんだけどね……。ピース警部の登場箇所を書き加えて、シリーズの一篇にしたうえで、一九〇五年に発表済みだった。でもダートムアが舞台ってだけで、内容は全然異なってる。犬もいなきゃ館もでてこない」

この短編こそが『トーマス・ハーンの謎/ダートムア物語』だろうとの見方は、イギリス本国ですでにポピュラーだった。よって『コナン・ドイル殺人事件』の信憑性には疑問符がつくとの声が大きかった。実際『コナン・ドイル殺人事件』の巻末解説で島田荘司が危惧したとおり、ドイルとグラディスの不倫からフレッチャー・ロビンソン毒殺まで、証拠と呼べるものは一片たりとも存在しなかった。

一冊の本から真実はわからない。そのことを痛感させられる。『週刊真相』の裏とり調査も、結局ゴシップに走りたいがばかりに、あちこちで事実を無視していた。『コナン・ドイル殺人事件』は『バスカヴィル家の犬』の版元表記すらまちがっている。東京如何社の長瀬は、おそらく意図的にそれらを記事にしなかった。

瑠璃が嘆いた。「じゃロビンソン作とされる『バスカヴィル家の犬』の原稿は、たぶんでっちあげかぁ」

「ええ」李奈はうなずいた。「もともとイギリスでも、ロビンソン作はありえなかったからこそ、ブックメーカーで大穴あつかいだったの。だけどそれらしい原稿が出現して、大真面目に各国の専門家が分析しちゃったもんだから……」

「大胆な虚言に誘導されちゃったわけね。やれやれ、がっかり。センセーショナルなほうが十一巻も売れるのに」

優佳がうんざり顔になった。「あなたそればっかりだね。李奈の気持ちを考えなよ」

「考えてるよ。〝李奈はこう思った〟みたいな文章を何百回書いてきたかわかる？」

李奈はなだめた。「そんなにギスギスしないで。友達どうし楽しみましょう」

瑠璃がなおも不満げにつぶやいた。「選考が遅いのが悪い。世間も理不尽だよね。李奈がイギリスで結果をだしたらだしたで、めだった活躍のある人はもう受賞に向いてないとかいいだす人がいる。わけがわかんない」

「それよ」優佳が李奈に向き直った。「振りまわされてばかりでしんどくない？」

思わず微笑がこぼれる。李奈は心からいった。「わたしはただひたすら幸せなだけ。

たったひとりで小説を書いてきたのに、こうしてみんなと一緒にいられることが」

航輝がうなずいた。「いかにも李奈だな」

「くぁーっ」瑠璃がさも嫌そうに吐き捨てた。「いい子ちゃんすぎて虫唾《むしず》が走る。文藝春秋の悪口いってたって書いてやろっかな」

一同がブーイングするなか、スマホが鳴った。みないっせいに静まりかえった。李奈のスマホだとわかった。

菊池が真顔になった。「かかってきた」

このうえない緊張が漲《みなぎ》り満ちる。李奈はスマホを手にした。受賞しようがしまいが、候補者にはそれぞれ電話がある。なんとも心臓に悪い慣《なら》わしだ。SMSで結果を伝えてくれるだけでいいのに。

優佳が切実な表情で両手を組み合わせた。誰もが固唾《かたず》を吞《の》んで見つめてくる。期待せずにおこうと強がってきたが、やはり希望を託してしまう。とはいえどんな結果でも受けいれよう。憧《あこが》れの小説家になれて、多くの人々に読まれている。夢見てきたすべてがいまここにあるのだから。

李奈は深く長いため息をついた。応答ボタンを押し、スマホを軽く耳にあてた。

「はい、杉浦です」

解説

朝《あさ》宮《みや》 運《うん》河《が》（ライター・書評家）

松岡圭祐《まつおかけいすけ》の文学ミステリ「écriture 新人作家・杉浦李奈の推論」シリーズも早いもので十一巻目を迎えた。この巻では新人作家・杉浦李奈《すぎうらりな》の人生に、かつてない大きな転機が訪れることになる。果たして彼女はビッグタイトルを手にし、スター作家の仲間入りをすることができるのか？

本書の内容に立ち入る前に、まずはシリーズの基本情報をおさらいしておこう。「新人作家・杉浦李奈」シリーズは、「千里眼」「万能鑑定士Q」「探偵の探偵」「高校事変」「JK」など数多《あまた》の人気シリーズを抱える松岡圭祐が、二〇二一年より書き継いでいる作品だ。「万能鑑定士Q」で〝人の死なないミステリ〟の面白さを広く伝える一方、「JK」では過激なバイオレンスアクション描写を突きつめるなど、シリーズごとに新たな扉を開いてきた松岡圭祐が、本シリーズで挑んだのは出版業界を舞台にした謎解きエンターテインメント。主人公の杉浦李奈を作家兼探偵役に設定することで、読者にとっても興味津々の出版業界の裏表をあますところなく描いている。

というとライトなお仕事ミステリのようにも聞こえるが、読んでみるとその予想は裏切られる。主人公の杉浦李奈は、『雨宮の優雅で怠惰な生活』などの作品を書いているライトノベル作家。といっても筆一本で生活していくのは容易なことではなく、コンビニでアルバイトをしながら、KADOKAWAの担当編集者・菊池《きくち》と二人三脚でいつの日かベストセラー作家となることを目指して執筆に励んでいる。李奈の質素で悩みの多い毎日は、作家は華やかな人気商売であるというファンタジーを崩壊させるのに十分だ。

もっともシリーズが進むにつれて李奈のキャリアは着実にアップして、第九巻『écriture　新人作家・杉浦李奈の推論 IX　人の死なないミステリ』では老舗《しにせ》の文芸出版社より渾身《こんしん》の純文学作品『十六月夜』を上梓《じょうし》。同作は二百万部を超える大ヒットとなり、映画化の企画も動き始める。最新刊となる本書でもまだコンビニでのバイトは継続中だが、〝新人〟の肩書きはそろそろ外してもよさそうだ。

そんな李奈の日常生活と併行して描かれるのが、出版業界にまつわる数々の事件である。これまで人気作家の盗作騒動（第一巻）を皮切りに、新人作家を集めた合宿での殺人事件（第三巻）、大勢の出版関係者の命を奪った大規模火災（第五巻）、同業者の失踪《しっそう》事件（第八巻）などが巻き起こり、李奈は行きがかり上、真相を探る役目を与えられる。

探偵役が小説家で扱われる事件もすべて小説絡み、しかもその真相には小説家の苦悩や葛藤《かっとう》が刻印されているといった具合に、徹底して小説を書くという行為にこだわっているのが本シリーズの特徴。本の世界を扱ったビブリオ・ミステリに分類されるこのシリーズだが、スティーヴン・キング『ミザリー』、有栖川有栖《ありすがわありす》『作家小説』などと同じく、小説家と書くことを巡る小説でもある。このことは後述するように李奈のキャラクターと響き合いながら、物語の大きなテーマを形づくっている。

さて本書『écriture 新人作家・杉浦李奈の推論 XI 誰が書いたかシャーロック』では、冒頭で李奈の書いた小説が、直木《なおき》賞にノミネートされるという大ニュースが飛び込んでくる。優れた大衆文学に贈られる直木賞は、純文学系の短編・中編に与えられる芥川《あくたがわ》賞と並んで、日本でもっともメジャーな文学賞だろう。受賞者は一躍時の人となり、カメラに囲まれて記者会見する姿が、テレビや新聞で大々的に報じられる。エンターテインメント系の作家にとって、大きな意味をもつ文学賞だ。その候補五作に李奈の『ニュクスの子供たち、そして私』が選ばれたのだ。

　喜びを嚙《か》みしめる李奈だったが、そんな折、また新たな相談事が持ち込まれた。

　ことの起こりは半年前、イギリスで『バスカヴィル家の犬』と題された古い原稿が発見されたことによる。『バスカヴィル家の犬』といえばコナン・ドイルが一九〇一年に発表したシャーロック・ホームズものの長編だが、この原稿にはバートラム・フレッチャー・ロビンソンとの署名がなされていた。

　ロビンソンは実在するドイルの同時代人で、『バスカヴィル家の犬』の題材を提供した人物として後世に名を知られているが、もしこの原稿が本物であるならば、ドイルの代表作はロビンソンの原稿を丸写ししたものということになる。これはイギリス文学史の常識がひっくり返ってしまうような大問題だ。

　これは本物か、フェイクか。イギリス国内では決着がつかず、世界十数カ国の専門家が意見を求められる。その日本代表として選ばれたのが、これまで多くの盗作・贋《がん》作《さく》事件に関わってきた李奈だった。このことはマスコミにも大きく報じられ、李奈はますます世間の注目を集めることになるが、そんな矢先、彼女の目の前に巨大な犬が出現。闇夜で光るその不気味な姿は、まさに『バスカヴィル家の犬』に登場する魔犬そのものだった。

このシリーズは文学作品や文豪にまつわる蘊蓄《うんちく》が読みどころのひとつだが、本書で取り上げられているのは世界中にファンをもつコナン・ドイル。二〇一七年に『シャーロック・ホームズ対伊藤博文』という優れたホームズもののパスティーシュを手がけた松岡圭祐は、ドイルとホームズに深い思い入れがあるようで、本書でもさまざまな知識を披露している。

ドイルがオカルトに関心を示していたという記述は史実に基づいているし、それを翻訳者の延原謙《のぶはらけん》がややねじ曲げた形で日本読者に伝えていたのも本当の話。ドイルがフレッチャーを殺害してアイデアを奪ったという異説があるのも、作中で記されているとおりだ。松岡圭祐はこうした知識を巧みに繋《つな》ぎ合わせ、『バスカヴィル家の犬』をめぐる魅力的なミステリを紡ぎ上げてみせる。

中でも興味深いのは、ある作家によって語られるコナン・ドイルの人物像である。愛国保守的な思想の持ち主で、思い込みの強い頑固者。利にさとい面がある一方、投資にはまるで向いていない。作中で語られる困ったエピソードの数々は、ドイルを名探偵シャーロック・ホームズの生みの親という偶像から引きずり下ろし、欠点をたくさん抱えた一人のイギリス人として甦《よみがえ》らせる。

令和の日本で李奈がさまざまな悩みを抱えているように、ヴィクトリア朝ロンドンに生きたドイルもまた、書くことと生活のはざまで悩んでいた。時代も性別も国籍も超えて、二人の小説家の魂が一瞬ふれ合うかのようなクライマックスの展開は、魔犬出現事件の予想外の真相と相まって、感動を呼び起こさずにはおかない。

あらためて述べるとこの小説の主要なテーマは、〝職業として小説を書くこと〟だろう。なぜ作家は小説を書くのか。書き続けることは何をもたらすのか。そうした問いをさまざまな角度から掘り下げながら、物語は進展していく。

李奈は決して超人的な才能を備えた名探偵、というタイプではない。そんな彼女がなぜこれまで多くの事件を解決に導くことができたかといえば、内外の文学に関する知識があるのに加えて、彼女が作家としてさまざまな経験をし、葛藤をしてきたからだ。経済的な苦境、出版業界におけるさまざまな格差、同業者との軋轢《あつれき》。作品が売れたら売れたで、今度はマスコミに注目されるという新しい悩みが待っている。このシリーズは当初から、小説を書くという仕事につきまとうさまざまなトラブルを、実在の出版社や文学賞の名前を用いながら、リアルに描き続けてきた。

そしてその悩みの日々が、期せずして李奈を探偵のポジションに置くことになる。このシリーズは盗作疑惑をはじめとして、小説家という職業のダークサイドに踏み込むような事件を毎回扱ってきたが、そのどろどろした思いは、おそらく駆け出しの作家である李奈にとっても無縁のものではないだろう。

作家たちの孤独や虚栄心、そしてその奥にきらりと光る創作への熱意を浮き彫りにするこのシリーズは、ライトなお仕事ミステリという枠をいつしかはみ出して、作家という職業が孕《はら》む業《ごう》のようなものまで描き出していく。

本書には、李奈の直木賞ノミネートに微妙な反応をする同業者・那覇《なは》優佳《ゆうか》に対して、李奈がこう感じるシーンがある。「孤独感がこみあげてくる。直木賞候補を祝ってはくれても、優佳の内心にはやはり葛藤があるのかもしれない。作家は個人事業主、各々みなひとり。李奈は胸のうちにこみあげる寂寥《せきりよう》感を拒みえなかった」。

作家は各々みなひとり。このシリーズの隠れた魅力は、ほとんどハードボイルド的と言ってもいいような、職業人としての矜持《きようじ》の描かれ方にあるような気がする。もちろん本が売れることは大切だし、文学賞だって受賞したい。しかしそれ以上に〝書くこと〟が李奈にとってはかけがえのない行為だ。その思いは家族とも編集者とも共有できない、彼女一人だけのものである。そうした孤独を抱えているのは、李奈の周囲にいる他の作家たちも同様だろう。松岡圭祐は波瀾万丈《はらんばんじよう》のエンターテインメントの枠組みを使って、作家という書くことに憑《つ》かれた人たちの姿を、愛とリスペクトをもって描いている。

このシリーズを読んでいて否応なく思い出すのは、二〇二一年に松岡圭祐が発表した『小説家になって億を稼ごう』というノンフィクションだ。億を稼ぐというセンセーショナルなタイトルに惹《ひ》かれて手に取った人も多いだろうが、作家志望者に向けたあの本で作者が説いていたのは、オリジナリティある作品を書くためのノウハウと、ビジネスとして小説家を成り立たせることの重要さ、その両方だった。厳しい令和の出版業界をサバイブする李奈の姿に、あまり自分の内面を語ることがない松岡圭祐の価値観がさりげなく投影されている、といったらうがち過ぎだろうか。

おそらくこの先も、李奈の前には次々と壁が立《た》ち塞《ふさ》がるだろう。作家としてステップアップしたらその分だけ、また新しい困難が現れるはずだ。しかし心配は無用。これまでの経験を糧に、彼女はきっと前に進んでいく。〝億を稼ぐ〟作家になろうとも、あるいはアルバイト中心の質素な生活に戻ろうとも、彼女は書くことを止めないはずだ。この先李奈にどんな未来が待ち受けているのか、楽しみでならない。

それにしても、この巻の終わり方といったらどうだろう！　続きが気になって、思わず本を手にしたまま呻《うめ》いてしまった。果たして李奈は直木賞を受賞できるのか。遠からず刊行される予定の十二巻が待ち遠しい。

本書は書き下ろしです。

この物語はフィクションであり、登場する個人・団体等は、現実と一切関係がありません。

écriture《エクリチュール》　新人作家《しんじんさっか》・杉浦李奈《すぎうらりな》の推論《すいろん》 XI

誰《だれ》が書《か》いたかシャーロック

松岡圭祐《まつおかけいすけ》

令和6年 1月25日　初版発行

発行者●山下直久

発行●株式会社KADOKAWA
〒102-8177　東京都千代田区富士見2-13-3
電話　0570-002-301（ナビダイヤル）

角川文庫 23992

印刷所●株式会社暁印刷
製本所●本間製本株式会社

表紙画●和田三造

●お問い合わせ
https://www.kadokawa.co.jp/（「お問い合わせ」へお進みください）
※内容によっては、お答えできない場合があります。
※サポートは日本国内のみとさせていただきます。
※Japanese text only

ISBN 978-4-04-114686-6　C0193

◇◇◇

角川文庫発刊に際して

角川源義

第二次世界大戦の敗北は、軍事力の敗北であった以上に、私たちの若い文化力の敗退であった。私たちの文化が戦争に対して如何に無力であり、単なるあだ花に過ぎなかったかを、私たちは身を以て体験し痛感した。西洋近代文化の摂取にとって、明治以後八十年の歳月は決して短かすぎたとは言えない。にもかかわらず、近代文化の伝統を確立し、自由な批判と柔軟な良識に富む文化層として自らを形成することに私たちは失敗して来た。そしてこれは、各層への文化の普及滲透を任務とする出版人の責任でもあった。

一九四五年以来、私たちは再び振出しに戻り、第一歩から踏み出すことを余儀なくされた。これは大きな不幸ではあるが、反面、これまでの混沌・未熟・歪曲の中にあった我が国の文化に秩序と確たる基礎を齎らすためには絶好の機会でもある。角川書店は、このような祖国の文化的危機にあたり、微力をも顧みず再建の礎石たるべき抱負と決意とをもって出発したが、ここに創立以来の念願を果すべく角川文庫を発刊する。これまで刊行されたあらゆる全集叢書文庫類の長所と短所とを検討し、古今東西の不朽の典籍を、良心的編集のもとに、廉価に、そして書架にふさわしい美本として、多くのひとびとに提供しようとする。しかし私たちは徒らに百科全書的な知識のジレッタントを作ることを目的とせず、あくまで祖国の文化に秩序と再建への道を示し、この文庫を角川書店の栄ある事業として、今後永久に継続発展せしめ、学芸と教養との殿堂として大成せんことを期したい。多くの読書子の愛情ある忠言と支持とによって、この希望と抱負とを完遂せしめられんことを願う。

一九四九年五月三日

「écriture《エクリチュール》」シリーズ
読者人気投票

1位 ／ écriture　新人作家・杉浦李奈の推論 X 怪談一夜草紙の謎

2位 ／ écriture　新人作家・杉浦李奈の推論 Ⅳ　シンデレラはどこに

3位 ／ écriture　新人作家・杉浦李奈の推論 Ⅸ　人の死なないミステリ

4位 ／ écriture　新人作家・杉浦李奈の推論 Ⅶ　レッド・ヘリング

5位 ／ écriture　新人作家・杉浦李奈の推論 Ⅵ　見立て殺人は芥川

6位 ／ écriture　新人作家・杉浦李奈の推論 Ⅷ　太宰治にグッド・バイ

7位 ／ écriture　新人作家・杉浦李奈の推論 Ⅴ　信頼できない語り手

8位 ／ écriture　新人作家・杉浦李奈の推論 Ⅱ

9位 ／ écriture　新人作家・杉浦李奈の推論 Ⅲ　クローズド・サークル

10位 ／ écriture　新人作家・杉浦李奈の推論

※KADOKAWA公式サイト（https://promo.kadokawa.co.jp/matsuokakeisuke/）でのアンケート集計。

新刊予告

瑕《か》疵《し》借り

―奇妙な一戸建て―

松岡圭祐

2024年2月22日発売予定

発売日は予告なく変更されることがあります。

角川文庫